著 张皓宸

你是宇宙安排的邂逅

四川文艺出版社

喜欢一个人时
用尽了全世界的句子
都词不达意

离开一个人时
我遍了万种理由
都言不由衷

每一路故事幕后的狐星人都

都有平行世界里
每一个结局填以告慰

我想和你随处拥吻

淋雨看海

在一天吃冰淇淋

北京四十四次日暮

永远年轻
永远愤怒
也永远热泪盈眶

是我来吃　恰逢你到

引言

　　宇宙之所以为宇宙，远如星体间的距离，以光年为期，近如你就在视线所及，而我正向你走去。

　　距离上一本短篇故事集，已过去四年。再执笔写短篇，无论是自己的经历还是对这个世界的理解，都发生剧变。想要写好看的故事，是我写这本书的初衷。

　　九个故事，九种风格。我们出现在这个世界上，就一定会与他人产生情感连接，这些故事或许是一剂药方，治愈执迷不悟的你；或许是一种信念，让你相信幸福；或许只是穿堂而过的风，让你感觉轻松；也或许是撕心裂肺的爪，挠破你柔软的那部分。时代背景下，即便我们感到孤独，也不要忘记，宇宙缘于一次爆炸，我们都是恒星的孩子。在量子纠缠背后，你每一次酝酿的情绪，都会有人在遥远的地方读懂你，在某个你不知道的片刻，为你闪耀。

　　本书封面及内页的插画是我自己画的，以两颗星球拟人，它们经历四季后相遇，作为这本书的另一个维度。另外，因情节设置需要，第九个故事特有安排，为了更好的阅读体验，建议你看完前八个故事再阅读。写故事如造梦，人物虚构，但情感真实，翻开此书的你，无论此刻是独自一人还是有人陪伴，愿你都能拥有自己的宇宙。

看过的一个纪录片里说，宇宙的奇迹，不是恒星，不是星系，甚至不是一种物质，而是时间里的一瞬间，那个瞬间，就是现在。专注于此时此刻，忘记过去的好与坏，不忧虑未到来的未来，你只拥有现在。

现在，你将进入他们的故事。

也请留意，你一直期待的那个人，或许正在进入你的人生。

你是宇宙安排的邂逅，遇见了你，就是全部温柔。

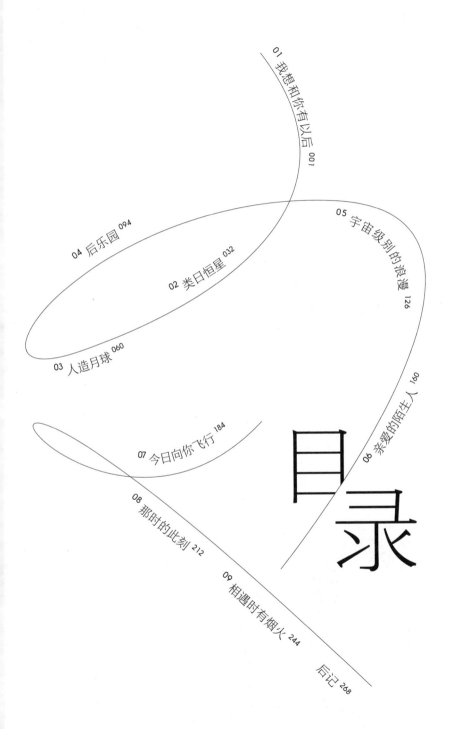

目录

我

想

和

你

似以后有

从哪一天开始，我对自己所在的世界产生了怀疑呢？

在十字路口碰见的精致上班族，竟与楼下砂锅米线店的老板长得一模一样；记忆时常会断片，这一秒还在家中吃早餐，下一秒就出现在入夜的街道上；我亲眼看到有人在我面前消失，雨后放晴的那一道彩虹会像倒放一样退回阴天；我刚对别人说完一句话，会不自觉换一个意思再说一遍。这些疑问越发汹涌，直到有一天，我被困在KTV的包房里，房间的门怎么也推不开，同行的人不知疲倦地唱着歌，惯性等待着某个时刻，却突然转入其他场景。他们不以为意，认为世界就该是这样运转的。

我不知道我是怎么拥有这一切觉知的，但我终于确认，我在一本小说里。

正在写这本小说的人，是一个三流小说家，咖啡配合Word，日更三千字，在电脑前已经坐了好几天。我会看到那些长相一样的路人，是因为小说家偷懒，对这些闲杂人等都没有外貌描写；被困在某个地方，是因为在他写下一个情节之前，我们就只能待在上一个情节的场景里；而那些出现又消失的人、事、物，是他觉得自己写得不好，在键盘上退格删除。

这部小说是典型的总裁文，霸道总裁叫顾之舟，上市咖啡公司的老板。既然是总裁，外貌一定俊朗不羁，眉骨高挺，眼带桃花，嘴唇一定厚薄适中，轮廓一定分明，侧脸一定得刀削。而我，是个万年女配角，名字起得非常随意，张超美，顾名思义，长得就是超美，短发媚眼，巧笑嫣然，明艳得不可方物，当然——这段是我自己强加的。身为八卦大刊《THEN》的女魔头，我终日周旋在名利场，就为了衬托我不食人间烟火的闺蜜，这部小说的女主角。作为大女主，她发如海藻，眼眸清澈，身材娇小，却前凸后翘。父亲去世，母亲早衰，家中还有一位长兄，出生就少了右手，母亲重男轻女，她就成了哥哥的陪衬。说话气若游丝，又楚楚惹人怜，小说家给她起了个动听的名字——南莞尔，我嫌名字太拗口，就叫她"难看"吧。

我们的闺蜜情是被小说家强行安排的，我本人对"难看"没感情，或者说，我对这个世界的任何人都没感情，因为我知道，小说家笔下的我们，恋的都不是爱，是脸蛋，是36D和八块腹肌，是金钱至上，是利害关系，总之不是心。

总裁文的固定套路，"难看"正好在顾之舟的某家咖啡店工作，我也不明白，我一个大刊主编的人设，为什么要跟一个傻白甜店员情同姐妹，我也不知道她是从哪个风水宝地被挖出来的，越是不起眼，越闪闪惹人爱。

不过没逻辑，就是总裁文的逻辑。

非常不出意料地，顾之舟微服私访出现在了店里，"难看"端咖啡的时候，杯子太烫，洒了他一身，弄脏了他价值一万多块钱的爱马仕衬衫。顾之舟嘴里喊道，蠢女人，你赔得起吗！眼里星光似火，他爱上了"难看"，从此一眼万年。

总裁当然不会轻易放过傻白甜，不然怎么体现小说家的愚蠢呢。顾之舟将她招进总公司，百般刁难，又只钟情于她。伴着一口一个蠢女人，两人终于擦出爱火，你侬我侬，夜夜笙歌。

直到我出马。我也不知道哪天脑袋被门夹了，身体不受控制，偏偏爱上顾之舟，与"难看"闺蜜反目，我爱他，他爱她，我瞎他也瞎。我受够了大白天去顾之舟办公室挤着酥胸勾引他，受够了把自己化妆成欧美大模趴在他的车顶，还故意去顾母面前挑拨，让顾母拍下五百万巨额支票，勒令"难看"离开她儿子。"难看"撕掉支票的时候，我心痛啊，这钱给我不香吗？

终于，在我十八般"茶艺"之下，顾之舟被我灌醉了，他脱下衬衫，露出八块腹肌，眼里透着三分薄凉三分讥笑四分漫不经心，勾起嘴角，邪魅一笑："女人，你在玩火。"

我死了。在油田溺毙的。

我嘴里喊着，蹂躏我吧！心中却暗自咒骂，你他娘的别碰我！小说家写得欢，顾之舟已经伸出咸猪手，我眼睛一闭一睁，忽然之间，他的五官呈现一种怪异的排列，随之整个房间的布景开始旋转，我身子一轻，飘在空中，感觉身上的细胞开始解体。

消失之前，我惊呼，小说家又在删文了。

我在一张狭小的单人床上醒来，本以为小说家良心发现，删了这种小黄文段落，谁知是他觉得我气焰太盛，写着写着抢了女主角的戏份，于是删改了大部分情节，将我换了个人设。

我现在叫张超妹，一字之差，从天堂跌落地狱，凭空多出了一个哥哥。我的哥哥叫张超，天生缺少右手。我父亲早逝，母亲早衰又重男轻女，于是我出生的意义就是当张超的右手。他从小喜欢吃虾，成绩优异，擅长唱歌跳舞，我擅长给他剥虾。我出场的第一个情节，就是张超将他怀孕的女友带回家，好了，继剥虾员之后，我又多了一个光荣的身份，无偿保姆。换了性格的我，终日忍气吞声，说话气若游丝，但又有全部的记忆，随时有掀翻地球的冲动。

我的工作是在一家咖啡店当店员，闲时收银，忙时帮忙做咖啡。记忆涌现，我仔细一回想，这一切不是"难看"的人设吗？

再碰见"难看"的时候，她取代了我的位子，成为了《THEN》的主编，还是之前那张脸，可已不再是傻白甜了，小鹿眼画着飞扬的眼线，海藻般有型的长卷发，仙气加了些烟火，更像是落入人间的尤物。

小说家换了我们俩的人设，女主改成事业女强人，与霸总棋逢对手，而我褪去华服，成为她光环笼罩之下的小透明。唯一欣慰的是，没有狗血的抢男人戏码了。

他们当然失去了记忆。

重复的桥段上演，"难看"忙里偷闲来咖啡店找我，见我忙不开身，帮忙给五号桌的顾之舟上咖啡，结果手一滑，咖啡洒在他的衬衫上。

顾之舟邪魅一笑，说："蠢女人，你赔得起吗？"

"难看"瞟了他一眼，立刻打电话给助理，大手一挥，买十件。

顾之舟被怼得哑口无言，我远远站在一旁吃瓜，心里像开了香槟，暗爽。

两个霸总之间火花四溅，傲娇一时爽，追妻火葬场，顾之舟水陆空全方位穷追猛打，"难看"就是不上钩。直到顾之舟尾随"难看"去日本二世谷滑雪，大雪纷扬，"难看"被困在高级雪道上，命悬一线。

顾之舟出现，大喊着："我命令你立刻给我醒来，听到没有！"

"难看"奇迹般地睁眼了，稀里糊涂地说："我这株仙人掌，不过是在期待有人能拥抱我的刺。"

顾之舟脱下外套，搂住她，彻夜为她取暖。二人上演了一出雪场生死恋，或者说大型魔幻禁断之恋——我的娇妻是株仙人掌。

主角光环在身，他们怎么也冻不死，在被救援队带回医院后，"难看"摇着床上昏睡的顾之舟，心软道："我好像爱上你了。"

顾之舟闻言睁开眼，邪魅一笑："女人，你自己挑起来的火，你自己灭。"

"难看"打来越洋电话，告诉我他们在一起了。

我笑说："为你开心，你们相爱，就是宇宙的安排！"

我真实的态度是，苍天有眼，你们相爱，就是为民除害。

本以为我在这个世界只能当一辈子的小透明，没想到小说家为了凑字数，竟然给我安排了单独的感情线。那个坐在窗边三号位的男生，已经连续五天出现在店里了。我观察过他，眉头高耸，眼神澄澈，额间飘着几缕碎发，像极了《情书》里的柏原崇，他微微抬眼，时间好似静止，万物皆为虚无，只有他在闪闪发光。

他似乎是做文字工作的，抱着一台电脑，一坐就是大半天。我们店没有正餐，只有甜品，他的晚餐总是就着甜甜圈，配一杯摩卡。我着实心疼，在旁边的Seven-Eleven买了盒便当，附上字条送给他。我写了：营养要均衡。

一股老妈子的口气。

他看了我一眼！我们四目相对，小鹿已经在我心上撞死了。从这天开始，我在他点的每一杯咖啡杯上写字，全是网上抄来的鸡汤句子。后来他失踪了一段时间，再遇见他时，他在吧台结完账，随手递了本书给我，上面印着他的名字：师鹤白。

我们的世界里，这个名字经常在报纸杂志和新闻上出现，他是非常知名的年轻作家。书的扉页上，字迹工整地写着一句话：站着别动，你就做你喜欢的自己，我会去有你的天空下找你。

这是什么人间绝句！

我与师鹤白相爱了，他不介意我的出身，不介意我丧尽天良的名字，用尽全部温柔让我忘记原生家庭带来的伤害。可能是小说家太爱这个男配角了，只要他出场，一定天气晴朗，自带背光和大段的外貌描写，让我无法忽视他的颜，那就像一块价值连城的玉石，温润又迷人。尽管我还带着女魔头的记忆，这世界又多是虚假的，但肉体与性感的脑袋是真的，爱情说到底就是一场欢愉，我要享受殆尽。人生亦如是，拿酒来！

从这之后，小说家完全把自己投射在师鹤白身上，自恋到顶峰，写的全是我和他的对手戏，再这么写下去，我们可能就要三生三世十里都是我家的娃了。

终于，他意识到角色写偏了，加上总裁文频频被诟病，于是决定大刀阔斧修改故事，我的世界再次天崩地裂，宛如一次新生，沉重地跌入黑暗里。

意识回到身体，我正站在咖啡机前，举着堆满奶泡的牛奶杯。师鹤白还是坐在三号位，他抬头向我这儿扫了一眼，我回看他，他好像不认识我了，视线从我身上匆匆掠过，看向了刚进门的"难看"。只见"难看"坐在师鹤白对面，优雅地向他打招呼，这是他们约好的会面，师鹤白即将在《THEN》上开设自己的情感专栏。

新的故事里，顾之舟出轨财团千金，"难看"与他分手。小说家偏爱师鹤白的人设，删掉了他与我的感情线，让总裁下马，师鹤白出场接替男主的位置。自此，霸道总裁爱上我变成了时下最流行的姐弟恋。

师鹤白彻底忘了我，或者说，他不可能再爱我了。我爱的男孩，永远不会注意我了，那些出现过的桥段，只能成为我一个人的记忆。那些原本只为我而存在的外貌描写，他眼神里的光，悉数换到了与"难看"相遇的情节中。我站在他们身后，无能为力，经历着一次又一次凌迟的处刑。

我好恨。我偷偷在"难看"的咖啡里下毒，趁她不注意把她推入车流中，但她有主角光环，永远死不了。

"难看"对师鹤白一见钟情，姐姐反撩年下男，而我成了工具人。

她指了指吧台旁的我，对师鹤白说："她是我上司，《THEN》主编。"

我坐在"难看"的工位上，按照她的指示，让她当师鹤白的编辑，这样他们才有更多机会同处。我们商定师鹤白的情感专栏叫《最好的她们》，走真人真事的模式，安排"难看"陪同他去全国四十六个城市寻找最打动他的女孩原型。

事后"难看"称赞我："别说你还挺有主编的样子。"

我腹诽："闭嘴吧你，我当女魔头的时候，你还是个端咖啡的。"

我的出场情节变少了，经常被困在上一个场景，一待就是好几天。困在"难看"的杂志社里，我还能上网追剧，如果不巧在咖啡店，我就只能拉花，拉出了十二生肖。运气最好的，就是能困在街道上，这样我就可以突破物理空间的限制，整个地球都是开放地图。盼星星盼月亮，终于碰上在杂志社楼下结束的场景，在下一次出场之前，我至少短暂拥有了全世界。

我漫无目的地在城市的霓虹中流浪，路过过街天桥，看见了醉倒的顾之舟。

他已经在这里喝了半个多月的酒了，仔细想来，上次他出场的情节就在这条路的路口，与"难看"分手的地方。小说家放弃了他，他当然无从察觉这样的处境有什么异样。在同一个环境停留，是我们人生的常态。我指着天，嗔怪道，那是他给你安排的人生。

提到"难看"，顾之舟又喝了口酒，醉醺醺地说："我其实心里不想的，但就是管不住自己，上了别的女人的床。"

我讪笑道："这句话要是放在其他人身上，就是渣男发言，但你的意思，我懂。"

他看向我："你懂，你为什么会懂？"

我们都是被小说家操控的提线木偶，所有的爱恨情仇，都在他手指敲动键盘间，被肆意摆弄着。顾之舟还爱着"难看"，在脱离小说家笔下的桥段后，他不过是一个失恋的人而已。在大部分小说里，作家都在歌颂目的明确、为爱奋不顾身的主角，或者无比正能量、等待一场爱情的新新人类，却很少有人注意到，那些被分手的人，以及他们的状态。

我对他说："告诉你一个秘密吧。"

我将小说世界的秘密告诉了他，他当然不相信，因为我的记忆可以重叠，完全觉知，所以能分辨异样，但他不行。

他叫嚣着："女人，不要轻易挑战我！"

我头疼脑热道："你们霸道总裁能不能不要见着个雌性就喊女人啊？我有名有姓的。"

顾之舟仔细回想："张……超妹，不要轻易挑战我！"

我脸一垮："算了，还是叫女人吧！"

说着，我爬上天桥的围栏，向下纵身一跃。

顾之舟吓傻了，趴在围栏上往下看，疾驰的车流穿行而过，带起了风。我轻轻拍他的肩膀，他忽地转身，五官纠成一团，不敢相信自己的眼睛。然后我又拉着他，表演跳河、割腕、生吞老鼠药，一次、两次……像变魔术般，我完好无损地回到他身边。

他张着嘴，惊呼道："难道你就是传说中的蜥蜴人！"

我一指禅戳中他脑门，将过往的故事都讲了一遍，包括与师鹤白的感情线。他听完，浑身热血，想要冲上街寻"死"，我拉住他，威胁道："你不能试，如果小说家再也不写你，那你在这个世界就永远死了。"

顾之舟悻悻地看着我，末了，他双手扶住我的肩，我们不约而同地给了彼此一个只可意会的眼神。

我们决定合作，阻止"难看"和师鹤白相恋。

这是属于男配角和女配角的失恋阵线联盟。在小说世界违抗小说家，是一门技术活。这个世界的逻辑里，没轮到我们出场，我们是不能与主角同框的，即便在同一个场景看到他们，也只能远观，但凡靠近，就会眼前一黑，回到原点。

我和顾之舟屡试无果，几度要放弃，我突然身子一轻，被拉到了师鹤白家里。这是一栋远在五环外的独栋别墅，性冷淡风装修，偌大的空间铺满了白与灰，没有随处可见的柜子，地上凌乱但不失美感地堆满了书，玄关中央有一条旋转楼梯，通向一个有天窗的书房。

"难看"和师鹤白刚从福建回来，他们收集完所有女生的原型，"难看"以庆功的名义，拉上我一起在师鹤白家蹭饭。说是蹭饭，其实不过是"难看"的厨艺秀。作为都市言情小说的大女主，她不能修仙，但可以掌勺，"难看"想用美食拴住臭弟弟的胃，我负责帮忙装盘摆放。等我们的台词说完，我眼疾手快地偷偷在菜里撒了点盐，倒了醋包，师鹤白夹起一块番茄牛肉，瞪着眼咽了下去，吃到酸牙的鲈鱼时，终于吐了出来。

小说家写到这里卡住了，他本想靠一顿美食来增进二人感情，忽而又觉得好像这样太顺利，应该让"难看"更难堪，增加戏剧冲突。思路一乱，便陷入僵局，他删掉了我们庆功的段落，迟迟不再动笔。

书面一点说，就是遇到了瓶颈。所以大部分的瓶颈，不是因为作家本人的无能，而是觉知的角色正在反抗。

我意外发现了这个世界的漏洞，接下来和顾之舟要做的，就是让小说家一直卡住，这样全员暂停，直到他写不下去，我们才能拥有在这个世界的自由。

我又回到了杂志社楼下，与顾之舟重逢。小说家搁笔，"难看"和师鹤白应该也困在上一个情节里。想起刚才在师鹤白家，他们提到福建，顺着"难看"的朋友圈定位，我们启程飞往漳州的火山岛。

当地最有名的是一家网红地质博物馆，粉蓝配色的建筑亦梦亦真，犹如游戏《纪念碑谷》跌入现实。在一楼的长椅上，"难看"和师鹤白正与一个二十来岁的女孩聊天。虽然不能靠近主角，但我们能接触其他人，趁女孩去洗手间的空当，我们将她拉去一边，了解到她从小喜欢手工，梦想是开自己的首饰店。这正中顾之舟下怀。我们身后是一家卖珍珠的商店，店门口的模特脖架上，挂着一串售价2999元的珍珠项链。

顾之舟指了指项链，问："喜欢吗？"

女孩说："喜欢。"

顾之舟眼含笑意:"这家店是你的了。"

女孩回去后,讲述了一段爱情故事,故事的气质突然从梦想励志,变成了狗血言情,女孩泪眼婆娑地说她的性格就像一株仙人掌,但却放走了那个愿意拥抱她一身刺的人。女孩演技超群,师鹤白听得津津有味,在备忘录里及时记录灵感,倒是"难看"面色沉郁,恶狠狠打断她,兀自离开了。

师鹤白向女孩道歉,回头追上"难看",责怪她:"你不觉得你这样很没有礼貌吗?"

"难看"睨了他一眼,说:"我为什么要对陌生人有礼貌。"

两人话不投机,一个向左走,一个向右走,不欢而散。

我和顾之舟看在眼里,兴奋无比。他跟着"难看",我跟着师鹤白,分别从博物馆的前后门登上了建筑。顶层是一个迷宫,他俩一前一后进去,我们跟在身后。迷宫其实不大,走两步就到头了,不巧离他们近了一点,电光石火一闪,我和顾之舟又在起点碰头。

我笑言:"我们两个就像变态一样。"

"就当在遛狗呢。"顾之舟说。

"你是说,我们被遛吗?"我笑他。

天色渐晚,一轮圆月挂在空中,顾之舟抬头看着天,问我:"你说南莞尔刚刚的反应,是不是代表她对我还有感情啊?"

我不置可否,反问他:"那一个没礼貌的女人,在你们男人眼里,是不是很扣分啊?"

顾之舟看向我:"感觉我们就要成功了。"

我转念想了想，问："如果，我是说如果，我们的努力到最后都无济于事怎么办？"

"那就一直这样跟着呗。就像这月亮一样，人一直都在变化，只有月亮一直跟着你，我们从小到大走过了那么多地方，经历了那么多失恋热恋，无论阴晴圆缺，它都在。"顾之舟对着天空喊："月亮，我记住你了！"

"神经病啊你！"我被他逗笑了，"想想之前的情节里，我还追过你。"

"当真？"他狡黠一笑。

我挑眉："被迫营业。不过，你不用总裁风说话时，可爱多了。"

"什么叫总裁风？"他问。

"就是极度自恋，极度油腻，觉得全世界都该围着你转。大概便秘的时候，坐在马桶上，也会邪魅一笑，说一声，自己出来。"

顾之舟正色道："女人，你是第一个敢这么跟我说话的。"

"呐，就是这个口气。"

"哈哈哈哈。"

白天黑夜更替，这个世界就这样无序地运转着。小说家已经很久没有打开 Word 了，我们就像是尽忠职守的狱警，在火山岛日复一日地守着他们，以为这就是我们最好的结局。只是心中都有一丝疑惑，到底被关着的是他们，还是我们。

忘记是哪一天夜里，"难看"和师鹤白不见了。

小说家竟然开始码字了。他在电脑前端坐许久，不知道是不是受我们的影响，回程的飞机上，他没有写二人暧昧的桥段，而是让他们就在座位上各看各的电影，缄默了一路。

好景不长，下一个情节，是我陪"难看"逛商场，她要给师鹤白买生日礼物，挑来选去，相中一款大牌男包，还颇有心思地让设计师在包上写了个"HE"，一语双关，代表他的"鹤"，以及她名字中的"尔"，二字合一，告白得不露痕迹。"难看"心满意足地去了下一个情节，而我被困在了商场里。

这种工具人的宿命，究竟要到什么时候才能结束！

我索然无味地在商场里闲逛，竟然碰到了张超和他女友，仔细想来，上一次他们出场已经是两个月前的事，我刚发了工资，张超就来勒索我，让我请客吃虾。此刻他们拎着大包小包，张超非常自然地腾了一半的购物袋，塞到我手上，让我帮嫂子拎着。那孕妇不但不感谢，还趾高气扬地仰着头，视线都懒得顾我。我委屈上头，顺势弯腰，抱起她的脚，直接把她翻出三楼的栏杆。

当然，她会安然无恙地回来，没有任何不愉快的记忆。但没关系，反正这是我特别的消气技巧。

孕妇挺着肚子，大摇大摆地转身进了品牌店，选好的衣服在试衣间的长凳上堆成山，各类鞋摆成一排。

她对着镜子惊呼："怎么办，全都写了我的名字，好难选哦。"

我注意到张超的脸都绿了，他的银行卡有几斤几两，我最清楚。

"女人，你在这啊。"

我闻声回头，是顾之舟，他头发往后梳，脸上没有一点表情，合身的衬衫将胸部的肌肉线条若隐若现地勾勒出来，像是博物馆里出逃的古罗马雕像。奇怪，这种成段的形容词，不像我的作风，应该是受小说家影响。总之，就是无法否认的帅。

他来到我身边，自然地搂住我的肩。

张超和那孕妇的表情凝固了。

顾之舟看着我，软语温言道："看上什么了？"

我的表情应该也不太好看，假笑得很夸张，只能用胳膊肘轻轻杵他。

"那就这个女人刚刚试的，每样来一件吧。"他冷冷地对店员说。

店员跪式服务，开始打包。孕妇呆住，好不容易合上嘴，在张超耳边轻声问："你妹什么时候有了个这么有钱的男朋友？"

"我也不知道啊！"张超嗫嚅着。

他们的声音很小，但我听得一清二楚。血管里冒着快乐的泡泡，脊梁骨都挺直了不少，我当着他们的面，拍下成堆的购物袋，发了朋友圈，只给他俩和我妈可见。发财和发朋友圈，我总要发一个吧。

顾之舟双手插兜，到张超跟前，俯视着他，问："你喜欢吃虾？"

张超缩着脖子，抬高下巴，乖乖地点点头。

顾之舟包了五层海鲜餐厅所有的小龙虾、皮皮虾和波士顿龙虾，还贴心地叫了两个助理帮他剥，吃到哭为止。

我哭笑不得地在玻璃门外看着这荒诞的一幕，扭头对顾之舟说："谢谢啊，让你破费了。"

他拍了拍我的肩："别忘了，我祖传的手艺，就是花钱。"

我们并肩在商场里又走了一会儿，时间在受困的场景里毫无意义。路过一家高奢文具店，橱窗里展示着一支美国的古董钢笔，上面的爱因斯坦肖像是画师在珍珠母贝上用毛笔绘制的，笔帽尖端镶嵌着相对论原件。钢笔制造商把原件切割成两百多份，分别镶在全世界限量的两百八十八支钢笔上，因此每一支都独一无二，价格当然也独一无二。

我趴在橱窗上，眼里放光，提起师鹤白的生日快到了，满脑子都是他。顾之舟搭腔，他应该很喜欢。

我愣了愣神，岔开话题："'难看'呢？"

"谁？"

我尬笑着："南莞尔呢？"

"不知道去哪儿了，她的行踪也不是我能决定的。"顾之舟神情暗淡下来。

我又问："话说，你怎么在这啊？"

"Magic."顾之舟冷冷一笑。

我拍拍他："大师，接下来什么计划？"

"陪你在这待一会儿吧，直到你被安排工作。"他笑着望了望天。

不知为何，我被他的笑点燃了，往日的邪魅脱了油，竟然有点顺眼。

我清了清嗓，在前台取了一张商场导览。困在商场，意味着这就是一个永远不打烊的游乐场，只要愿意，就能玩出一整个世界的新鲜感。

八层的商场，一二三层是精品店，负一层是令人目不暇接的连锁小吃店。顾之舟从没来这一层吃过饭，我给这一层取名，叫"卡路里的快乐"。他不解，我带着他，从就着辣汁肉夹馍的骨汤酸辣粉开始，让他感受什么叫活着。比我们脸还大的牛肉锅盔，从油锅里捞出，表皮酥脆掉渣；咬一口麻辣猪皮蛋烘糕，手上一定会沾满油，猪皮软糯有嚼劲，再加点小米辣，就是舌尖的诱惑；还有排了老长队伍的网红奶茶，一定要点多肉葡萄，加芋圆波波，再加芝士雪糕顶。顾之舟嫌弃太娘，我嚷嚷着让他试试，他勉强吸了一口，眼睛发光，干了整杯。

到了四层，我推开音箱店的门，欢迎他来到"免费音乐会"，当整家店的所有高档音箱同时播放一首爵士乐，环绕立体声袭来，我俩坐在声场中间，身上的毛孔都闻声张开了。顾之舟用余光看了眼销售，不好意思地在我耳边问，要不要买走啊？我劝他淡定，敌不动我不动。

五层都是人均几百上千的高档餐厅，顾之舟问："这一层有什么讲究？"

我大脑飞速运转，故意带他路过海鲜餐厅，助理们还在辛勤地剥虾，张超包着满嘴的虾肉，悲怆地流着泪。

我指着他说："精准扶贫。"

接下来是六层的乐高旗舰店，我们一人买了一个方头仔，我是黑寡妇，他是小丑，比赛谁先拼完。

我说："这一层，叫'女人至死是少女'。"

顾之舟问："那男人呢？"

我反唇相讥："反正比女人早死，随意吧。"

像七层这样的密室逃脱，顾之舟肯定没玩过，我故作神秘："这层叫'怪你过分美丽'。"

顾之舟问："为什么？"

我卖了个关子："你进去就知道了。"

我们加入拼团，选的是丧尸主题，身穿制服，每人配一把假枪，扮演寻找病毒血清的志愿者。顾之舟入场之后，真的打了丧尸，被工作人员请出来，还赔了款。这孩子显然被吓得不轻，一脸惶恐，惊魂未定，无与伦比的美丽。

最后，我们来到八层，限时的宇宙空间VR展，这家运营商同时也负责东京的天文馆运营，他们基于实际的恒星数据打造了整个展览，其中有一块区域，密密麻麻排列着形如太空飞船的蛋形座位，游客戴上特殊的VR头显，就可以身临宇宙，看到星球与流星。

我与顾之舟相邻坐着，戴上头显，灵魂像是离开身体，视界被无限放大，我们默然不语地看着星河变换，躲过那些恣意飞扬的流星光芒，耳机的背景音渐弱，配合广袤的宇宙，陷入无限安静。

我们不知在宇宙中飘荡了多久。

"你真的了解他吗？"顾之舟在说话。

我取下耳机，试图听懂他的意思。

他接着说："这几天我一直在思考，究竟我是真的喜欢她，还是因为创造我们的人安排我去喜欢？我们现在的反抗，到底是在反抗他呢，还是只是按照他之前的安排，再重演一次……我们到底是谁啊？"

我一时无言可对，我是一早就觉知的人，却没有思考过这个问题，或者说，不敢想，想深了就会害怕。我回答他："跟着自己的心走就好了，都说命运命运，本来就逃不了一次又一次的安排，喜欢一个人，感觉是不会错的，现在他写作的节奏越来越慢，我们就快要成功了。"

顾之舟取下VR头显，若有所思地说："其实，某种程度上，我还挺喜欢现在的状态的，或许这就叫'自由'吧。"

"现在的状态？"我取下头显，诧异道，"没有爱人，没有高光时刻，不再被人记得，这个世界什么都没有啊。"

"为什么一定要有什么，真实世界是什么样的我不知道，但我觉得，至少大部分时间都应该像这样平平淡淡的，每天傻乎乎地开心就好，没有那些企业家冷冰冰的数字，没有家族压力，没有人管着。以前在我身上的每一段情节，都太重了，我吃不到楼下的那些食物，说话要说到最满，表现要最佳，永远绷着一股劲儿。身在热闹中，我不觉得吵，但出局了，反而觉得平静。就像现在这样，躺着看星星，没人强迫我去下一个地方，拼命告诉你，你是男主角啊，必须要加油啊！"

我如鲠在喉，陷入深思，只能丧气地说："那是因为我告诉了你这个世界的秘密，但你还是跟我不一样，如果你重回他的笔下，我们现在发生的一切，你都不会记得了。"

他突然看向我，眼神透出一丝害怕，有那么一秒钟，不是凝视，而是一种专注，像是仪式，只觉得他眼里波光流动，像藏了一个小宇宙。

我被这个眼神戳中了。

我从黑暗中醒来，此时正身处一家三层楼的酒吧。

这是"难看"为师鹤白张罗的生日party。师鹤白不喜欢过生日，所谓的party，总共五人，除了两个状况外的编辑，也就我们三个人。我酒量不佳，早就瘫在沙发上，只能偷看师鹤白来让自己保持清醒。

有个打扮讲究的女人来到我们卡座前，带着满嘴酒气问："不好意思，听到你们聊天，你们是《THEN》杂志的吗？"

"难看"举起酒杯，傲娇地点点头。

"谁是主编啊？"女人又问。

"难看"晃悠着身子，指向我："她是，她是。"

那个女人笑意盈盈地看向我，然后对着我的脑袋，倒下一整杯红酒。我根本躲闪不及，猩红的液体从头顶顺流滚下脖颈。

女人是这家酒吧的老板，也是当时顾之舟出轨的财团千金。"难看"与顾之舟分手后，在《THEN》上撰写了一篇声讨小三的专题文章，虽然没有指名道姓，但吃瓜群众自力更生对上了号，让她家蒙受上亿的损失。

当然，这位千金认错了人。

说实话，我已经对这种狗血桥段免疫了，但红酒刺得双眼实在太疼，我皱着眉，用手背使劲蹭。见我被欺负，"难看"直接上手扯了那个女人的头发，她身后的两个男服务生跟着加入战局，连累一向吃素的师鹤白也动了手。众人开战，酒杯碎了一地，无辜的桌椅被摔得东倒西歪。

师鹤白牵着"难看"的手，从人群里蹿出来，两人就像亡命鸳鸯，逃向一楼。此刻的我，就在他们几米外的地方，听见那女人朝我吼了一声，也下意识地跟着跑了下去。

"难看"和师鹤白顺利跑到了大街上，大门敞着，我却撞上空气，跌在地上，伸手敲了敲，空中隔着一道透明的墙。真好，小说家忘记写我，我被困在这个场景出不去了。眼看那女人带着一个服务生追来，我急中生智，躲进洗手间。他们用灭火器砸着门，一时间，我脑补了所有恶俗的情节，鸡皮疙瘩遍起，借着微弱的手机信号，给顾之舟发了定位。

大概过了二十分钟，洗手间的门被踢开，那个男服务生闯进来，粗鲁地拽住我的头发，直接将我拖出了洗手间，我额头撞在桌腿上，疼得撕心裂肺。我眼冒金星，用手轻轻一抹，额头淌着血，直接给吓哭了。

还好顾之舟及时出现，靠着他将近一米九的身高，三两下将男人制服。女人见到"旧情人"，自乱阵脚，顾之舟推开她，没多理会，一把将我抱在怀里想往外走。我掐着他的胳膊，眼泪鼻涕横流地喊，我出不去！

话音刚落，我眼见着一个啤酒瓶在顾之舟脑后炸开，顾之舟一个趔趄，单腿跪地，我们摔在地上。女人举着碎酒瓶，站在他身后，浑身发抖。

另一个服务生下来，顾之舟回身抽过旁边的吧台凳，直接用凳腿将男人撂倒。他四下张望，牵住我，往楼上跑。

我们一路跑到三楼，顾之舟体力不支，用手肘撑着墙，没想到推开了一道暗门。这里是专供 VIP 客人使用的秘密暗室，里面空间不大，墙上摆满了酒，中央的吧台边还有一位日本调酒师。我们面面相觑，顾之舟操起一瓶酒，往吧台上一砸，举着碎了一半的瓶子，威胁他锁门，顺便让他给我们调杯酒。

说完，顾之舟背靠墙站着，身子一软，顺势坐在地上，我吓得翻过他的后背一看，衬衫已经被血染透。

房门一下一下被敲响，密闭的空间里，声声刺耳，我像是身处即将坍塌的矿洞，心脏也跟着震动。我听到那个女人在门外说："找钥匙！"

这样的情景超出我的预期，我心头一颤，哇的一声哭了："我为什么要叫你来啊……反正我又死不了！"

他伸手碰触我额头的伤口，轻声说："傻瓜，那也会疼啊。"

忍着疼，我推开他的手："那你死了怎么办？"

他比了个嘘声的手势，说："我突然觉得，好像死在你怀里，也不错。"

"你疯了吧？顾之舟！"

日本调酒师端了两杯酒，用带着口音的英文说："打扰一下，这是你们的酒，我在烟熏威士忌里加了茉莉和西柚……"

"只要今天这男人有个三长两短，我一定会烧了你们的店，扒了你的皮用来酿酒，剩下的骨头送回你老家填海，我说到做到！"这段我是用英语说的，一气呵成。

"女人……你太帅了……"说完，顾之舟就晕了过去。

只听脑中"嗡"的一声，眼泪开了闸，我晃着顾之舟的身体，视线越发模糊，突然身子变轻了，记忆又开始堆叠，闭眼前，我只记得手上沾满了他的血。

我出现在家中，已经化好了妆，穿着一件白色的裹胸长裙，额头上的伤不见了，距离酒吧打架已经是半个月之前的事。想到顾之舟，眼泪就涌上来，来不及确认他的生死，身体就不受控地向屋外走。张超正在客厅看电视，他当然忘记了上次在商场吃虾的事，但不知道是不是心理作用，他好像胖了点。他问我打扮成这样要去哪儿，我脱口而出，参加《THEN》的品牌晚宴。

晚宴在郊外的艺术中心，酒吧事件后，师鹤白知道了"难看"才是《THEN》的主编，他看到我，打了个没任何感情的招呼，说了一句甚至都算不上朋友的慰问。我朝思暮想的人，此刻就在眼前，我却无暇他顾，只担心顾之舟的生死，想到可能再也见不到他了，心里的委屈感就占据上风。我心不在焉地说完小说家写下的所有台词，等师鹤白和"难看"消失在会场，自己的意志终于回到身体。我赶紧掏出手机，打给顾之舟，提示暂时无法接通，收到新的微信提醒，是顾之舟发来的一张自拍。照片里，他模样精致，衣着整洁，单手比着"耶"，一切好似不曾发生。他发来四个字：竟然没死。

我不住地笑出声，来回放大他的自拍，突然，笑容化成惆怅，神色黯然下来，因为我意识到一个不恰当的问题：他为什么没死？

顾之舟打来电话。他说从酒吧醒来后，就出现在这条街上了。

我声音开始发颤，问："你现在在哪儿？"

他说："好像在艺术中心这条主路上。"

我右眼突突直跳，在电话断线之前，我听到他叫了南莞尔的名字。

顾之舟与"难看"重逢了。

尽管酒吧的重场戏，师鹤白英雄救美，但小说家还是觉得他太文气，慢热。没有竞争就没有压力，于是他决定将顾之舟写回来，以情敌的关系，给师鹤白一些压力。

小说家写回霸道总裁，找到当初的感觉，把顾之舟塑造成了痴情种，用了大段篇幅，弥补他对"难看"造成的伤害。与此同时，我与顾之舟的微信聊天记录，全部消失，手机里仅有的几张合影，也不见了。他应该已经忘记我了。说来讽刺，只有我拥有独家记忆，有时候并不是一件幸运的事。

我不知道在被困在艺术中心里有多久，终日无所事事地看着日升月落，影子被拉长缩短，心里空空的，说不清道不明的感觉。这种空荡感，比当时失去师鹤白还要难受。

终于，身体里熟悉的感觉来袭，眨眼之间，我站在游乐场检票口。他们三人走在前边，叫我跟上。我又看见顾之舟了，但他看向我的双眼无神，明显回到了小说之前写的那种"华丽的深邃"。这种华丽，只容得下"难看"。

"难看"说想坐旋转木马，师鹤白扭扭捏捏地嫌幼稚，顾之舟二话不说，在"难看"身边选了一匹白马，侧身上马，英姿飒爽，引来围观的路人一片尖叫。师鹤白气不过，坐在了离他们最近的一个公主南瓜车里。后面的项目，他们三人挤在一辆小车上，我一人拥有一辆，就地当背景。"难看"拉着我，一股凡尔赛口气，哎呀，被两个帅哥围绕并不快乐。我感觉自己特别像他们请来的代孕母亲。

从纪念品商店出来，我帮"难看"拎着战利品，脖子上挂着爆米花桶，狼狈得像个移动的货架。顾之舟从我身边经过，往爆米花桶里丢了团纸，我再想靠近他时，被弹了回来，我深知这个规则的含义——意味着他变成了主角。下一秒，他们三人消失，去了下一个情节。

我慌乱地放下杂物，取出那团纸，是一张揉皱的门票，上面写着两个字：我在。

我捏着纸，眼泪随即而至。

小说家将顾之舟写回男主角，与之相对的，是我的戏份越来越少。一个人把游乐场的项目玩了两百多次，在家照顾永远怀着孕的嫂子，还把我妈和张超也养胖了十多斤。我出现的场景大多雷同，再也轮不上城市、街道，如同困兽，但自得其所，只要想到已经觉知的顾之舟，心里就燃起希望，像是从茫茫宇宙中，收到了一枚同频的信号。我确认他就在那里，只是需要一点时间，等待一场宇宙百忙中安排的邂逅。

这是我被困在咖啡店的第二十八天。师鹤白正在三号桌上写书，我站在离他不远的位置，心里打着鼓点，缓缓向他靠近，我并没有被弹回去。

他也很久没有出场了。

我送了两块曲奇，在他对面坐下，我问他，你为什么不和南莞尔告白，他悻悻道，你怎么看出来了？我笑他，你或许是个聪明的作家，但不是一个聪明的男人。他挠挠头，叹了口气，说自己是个没有勇气的人。

我看着他的样子，思绪回到了与他恋爱的那些时光，明明亮亮，美好得不真实。我掏出一支笔，在餐巾纸上写下一句话：站着别动，你就做你喜欢的自己，我会去有你的天空下找你。

"今后有喜欢的女孩，就把这个给她，管用。"我笑着说。

师鹤白看完，一脸惊讶："写得很好啊！"

我粲然一笑。

他抬头看我："哦对了，谢谢你的钢笔，我很喜欢。"

"钢笔……？"我讶异道。

"对，好像很早就寄到我工作室了，抱歉才看到。"师鹤白滑开手机，展示他拍下的钢笔照片，"我都不知道这个品牌还有这么漂亮的笔。"

照片上，是那支和顾之舟在商场看到的限量版钢笔，正面是爱因斯坦的头像，背面绕着行星图案，特意用一个平价的文具品牌盒装着。

这样比较像是我送的。

我鼻子发酸，有些人，不是不会温柔，而是气焰太盛，所以忽略了他的认真。

我整理好情绪，攥紧手心，对师鹤白说："我接下来想讲的一段话，你不用往心里去，因为你不会记得。我喜欢过你，胜过这个世界的那种喜欢。不过这个世界又有几斤几两，我最清楚，所谓喜欢，也就到喜欢为止了。谢谢你的出现，让我重新认识了顾之舟。不要惊讶，就是那个顾之舟。以前没人提醒过我，要感受自己的内心。也没人说过，躺着看星星，也是生活。更不会有人，对月亮告白。一个这么可爱的人，我爱上了，我又失去了，我难过死了。但我知道，心里只要有一个可以想念的人，就比普普通通地活着，更有意义了。即便我和他不会有以后，我也觉得足够了。"

说完这些话，眼泪已不知不觉漾了一脸。

师鹤白显然被我说蒙了，沉默半晌，正想说什么，突然消失了。

我擦掉眼泪，背过身，机械地走回吧台，身后传来顾之舟的声音。

顾之舟和"难看"从外面进来，他们牵着手，俨然一副热恋情侣的模样。根据小说家写下的台词，我要说："你们在一起啦？"

"难看"睨着他，挑眉道："准确说是'复婚'，随时可能'离异'。"

我撑着笑，继续对顾之舟说："那你要好好对她哦，顾老板。"

顾之舟眼神闪烁："你第一天认识她啊？这个世界上，只有她欺负我的份。"

"别看她凶巴巴的，她只是嘴硬，心里软，其实一直都期待着，能有一个真正爱她的人啊。"

顾之舟点点头，深深地看着我："我不会再让她受伤了，世界那么大，我还是喜欢待在她身边。"

我平静地笑着，心底早已波涛翻涌。

"好啦，你们两个一唱一和的，""难看"抱着我俩的脖子，"都是我的宝贝。"

他们嬉笑着点了咖啡，选了个座位坐下，接下来没我的台词，我弯腰盛冰块，眼泪不小心掉了出来。顾之舟坐的位子，正好面对我，我时不时用余光打量他。顾之舟笑语盈盈，"难看"埋头喝咖啡，他顺手将她凌乱的发丝绕到耳后，说完小说家写下的台词，终于趁着中间两秒的空当，拼命抬起头，看向我，因为反抗得太用力，眼睛已经涨得通红。

爱里最重要的是回应，我看你一眼，你回望我一眼，我摸摸你的下巴，你冲我努努嘴，我说想见你，你跨越好多山山水水，我住进你心里，你永远不会让我迁徙。

接下来的情节，师鹤白直到"难看"和顾之舟订婚那天，才向她告白。"难看"回应他，很多事没有太晚的开始，除了爱情。

我最后一个出场的场景，是在自己家里，张超他们都在医院陪我嫂子，她终于要卸货了。"难看"在我房间喝酒，这是她的婚前单身夜，她和顾之舟已经约好，不办婚礼，明天将要开始两个人的环球蜜月旅行。

那晚我们聊了很多，我突然不恨她了，反而有点同情她。如果对她来说，这是最好的结局，那对顾之舟也是。

"难看"走后，家里只剩我一人，我过了一段很平静的日子，肆意地消磨，大段大段地熟睡，我在床上不知睡了多久。梦中，我身处一片盐湖，四周风光旖旎，湖面立着一道门，我缓缓走近，侧耳倾听，门背后传来规律有致的敲击声。

我睁开眼，在窗户上看到一双手。顾之舟探出头，吓了我一跳，我疯了似的跑到窗边，他正踩在两个助理的肩上。

再看到顾之舟，恍如隔世。惊讶之余，我产生疑问，为什么我们能靠近？

"到底怎么回事？"我问他。

顾之舟直接吻住我的唇，原来这就是传说中霸总高超绝伦的吻技，舌尖在我齿间寻找、试探，最后侵袭领地，紧紧缠绕。

他身下的助理已经快背过气了。

我努努嘴，救出自己的舌头，问："会不会打扰他们啊。"

"怕什么，又不需要他们参与。"

我重新闭上眼，还给他一个深吻。那一刻，我们吻得太动情，以为这就是永远了。直到感觉他的嘴唇越来越软，软到似乎失去触觉，我猛然睁开眼，顾之舟的身体变成了虚影，手臂只剩一个轮廓。我下意识地抓住他的手，才发现自己的手也变透明了。从未有过这样的感觉，背后好像裂开无数的口子，狭小的缝隙中透出荧光，我埋头看了看，自己的身体像破掉的玻璃碎片一样分崩离析。再一抬眼，顾之舟也都化成碎片，悉数散进风中。

在我们消失以前，我在顾之舟耳边留下几个字："我想和你有以后。"

所谓以后，大概就是，被除名的冥王星，也有卡戎这颗卫星陪它一同被放逐。大概就是，即便世界再坏，也要做一起失眠的小情侣，我们会牵手，彼此为星轨，并以永远为期。

主编看完小说家的稿子，并不满意，建议他删掉辅线人物。小说家争执不下，主编发了脾气："真以为你是什么大作家吗？当想要出书的那一天，你就已经不是给自己写东西了，它就是商品。爱情故事，就让男女主好好谈恋爱，东拉西扯的，全是狗血流水账。不要挑战观众的耐心，他们现在追剧是两倍速的，电影是用五分钟看完的，一个十秒的短视频不好看都可以划走，你认为厚厚一本书，能有几个人愿意翻完。"

小说家回到住处，在电脑前思前想后，删除了所有我出现的情节，这个世界再也没有张超妹了。轮到男主角时，他在顾之舟和师鹤白之间犹豫，在那个当下，脑中不知为何，生出一片宇宙的残像，那里漆黑无尽，但有两点微弱的星光，努力散发着信号，一下一下地闪烁着。

小说家深知自己的渺小与无力，眼内泛起潮汐，做了个深呼吸后，莫名笑了，光标移在顾之舟的名字后，按下删除键，开始了一场关于成全的仪式。

类恒星

林朗朗睁眼的时候，已经是下午一点十分。不过是几个小时前，借着微蒙的晨光，醉得不省人事的她，被同行的朋友扛回家里。没有卸妆，倒头就睡，脑子里还含混着KTV嘈杂的重低音，黏腻的口腔里全是葡萄酒的味道。脸上纵横着眼泪呼啸而过留下的眼线残痕，张牙舞爪得像个未发育完全的怪物。

　　而这一切，都是为了迎接她的三十岁生日。

　　这些年林朗朗并不寂寞，作为旅拍摄影师，国内外的风景悉数都看过，客户千金散尽，为的就是她那些精致的修片和饱和度十足的记录。她在社交媒体上活成了别人最羡慕的样子，花着别人的钱，有吃有喝，与美相关。

　　但估计也只有在三十岁这样的年头，她才能在酒精的威逼利诱下，对全场的客户"好友"们，哭着说出那些肺腑之言：为了最佳拍摄时间点而度过的不眠夜，为了客人们拍得开心而时刻保持的鸡血热情，为了高逼格的朋友圈而想破头的字斟句酌……顺便问候了每次为了省化妆费就自己动手的妹妹们、衣品感人的姐姐们，还立下毒誓，再拍小屁孩她就一辈子单身。

　　经历两段失败的恋情后，林朗朗带着单身的孤傲来到而立之年，贴心地提醒自己的亲妈，接下来，让你头疼的，不再只有女儿的职业，还有年纪。

　　实践出真知，人活着，就是折腾。

　　林朗朗洗完澡，发梢还在滴水，她逆着光坐在床边，手机里还有好几十条未读的消息，昨晚几个中枪的姐姐妹妹，朋友圈已经仅对她展示一条横线。

她感到从未有过的轻松，身子像是终于开闸的洪水，顷刻间整个人都平衡了。

林朗朗放下手机，回看了熟悉又陌生的出租屋。这几年旅拍，在家待着的时间不超过半个月，屋子里没有任何绿植花草，只有买了还来不及拆包装的快递、过期的速冻食品、落了灰的摆件。她突然心生大扫除的念头。

林朗朗把音乐开到最大，认真"断舍离"起来。抽屉里有一部"被淘汰"的胶片机，这是几年前在二手市场买的，换上电池和胶卷还能用，她饶有兴致地在家里按起快门。翻到学生时代的旧物，林朗朗停了手上的活，这都是朗妈给她寄来的，有毕业证书，还有各个阶段的奖状和册子。她翻开高中时的同学录，发现首页夹着一张毕业照。

看着十八岁的他们，她突然有股冲动，想知道照片上这些人现在在哪儿，过得怎么样。她想找到每一个人，为他们拍一张三十而立的肖像照，而且要用胶片，熨帖时光。

她不是一个擅长怀念过去的人，十二年过去，还有联系的是一个当年关系还算好的女生，叫冯笑，现在是坐拥千万粉丝的知名主播。她们的联系，仅仅停留在早年的一次微博互相关注。她尝试着发了私信过去，竟意外收到了回复，后来冯笑还直接发了微博，一个晚上的时间就把当年二班的同学组了个群。一阵寒暄后，大家对上了时间。

那张毕业照背面，嵌着一张按站位打印的姓名条，在最后一行，林朗朗用蓝黑色墨水手写了一个名字，陈最。

他并没有出现在照片上。

回忆像跑马灯，掠过刻着青春的坐标，瞬间将林朗朗丢回曾经，那是宇宙百忙之中安排的邂逅。

高一的入校军训，当天气温直逼四十度，林朗朗被太阳炙烤得神志涣散，她举了好几次手，教官都看不到她。也难怪，这个世界上的人，要么皮相惊为天人，要么丑到深刻，她不尴不尬杵在中间，乏善可陈，最容易被忽略。因为觉得自己脸盘子大，常年都用非主流发型遮着，整个人更加普通到透明。

她抬眼望向太阳，眼睛一酸，终于失去了知觉，再睁眼时，已经躺在了医务室，庆幸自己还活着。正想下床，陈最被几个教官扛了进来，她旋即倒下装睡，可能是怕尴尬。

等校医出门，林朗朗起身看了眼隔壁床的陈最，用直白一点的话说，他有着符合大部分女生青春悸动时幻想的男孩子长相，额头饱满，眉骨挺拔，睫毛浓密，鼻梁中心有个明显的驼峰，微笑唇自带肉粉色。

陈最双唇微张，对她说："行了，别看了。"

陈最坚持认为林朗朗同是天涯装晕人，懒得听她辩解，问道："一会儿还想荣归部队吗？"

林朗朗脸上红晕还没退去，机械地摇摇头。

那天下午，陈最带林朗朗来到车库后面的围墙，U形的栏杆被人扯开了一个豁口，刚好容纳一个人侧身钻出去，于是两人直接逃出了学校。碍于街上眼线多，他们搭公车去了市里，算计着放学末班车的时间点，疯狂地换了四趟车后，林朗朗吃到了她人生中的第一盒哈根达斯。

　　这一切来得太快，像是大幕刚拉开就直接进入正戏的舞台剧，容不得她不入戏。陈最买单前问："要么你看着我吃，要么我请你吃，你选吧。"林朗朗路过这家店门前无数次，念想着三十块一个球的冰激凌，会有哪个傻子来吃。吃到之后，她才真正体会到傻子的快乐。

　　然而这还只是开头。

　　高中的军训男女分两个方阵，一早无精打采的林朗朗围着操场跑圈，穿着便服的陈最托腮坐在台阶上，一脸得意地看着她。他从在市人民医院工作的舅舅那里搞来几张病历证明，让林朗朗随便填，说是今后就再也不用装晕了。

　　林朗朗将信将疑地问他填什么，陈最说："你就填骨癌吧，不建议剧烈运动。"朗朗觉得太夸张，在网上搜了半天都下不了决心，于是让陈最帮她填，只要不是怀孕都可以。最后陈最给她写的是：紫外线过敏。

　　林朗朗真的免训了。

　　"你不觉得太荒诞吗？"林朗朗问。

　　"还有比军训更荒诞的吗？"陈最反问。

　　林朗朗铿锵地点了点头，他们决定拯救苍生于水火。陈最极具商业头脑，他们商量后，决定对外明码标价：100Q币换一张病历单，林朗朗负责揽客，陈最负责开单子，不出三天，他们的Q币已经可以充好几年的会员红黄绿钻了。也是在那个时候，冯笑成了他们的第一个顾客，她也是林朗朗高中生涯唯一的一个女性朋友。

好景不长，他们的"人民医院驻蓉城一中办事处"很快被学生告发，开学典礼上，两人被公开处刑，因思想不端，严重违反校纪校规，记过处理。

林朗朗回家被朗妈教训了两天两夜，从她单人哭，到母女二人交叉哭。朗妈是哭一个被丈夫抛弃的女人带大孩子是多不容易，林朗朗哭，是比开门红的记过更让人害怕的，心里痒痒的"小确幸"。

开学第一天上课，早自习结束的铃声刚过，教室门被推开，陈最拎着书包进来，忽略所有人的注目礼，径直来到最后一排的空座坐下。

林朗朗永远记得，那天阳光正好，他穿了一件酷毙了的粉色校服。

后来他说，这是白衬衫跟红色T恤一起放进洗衣机的结晶。

微信群里传来新的消息。

林朗朗回过神，当年班上的四十五位同学和他们的班主任老邓都联系上了，但没人知道陈最的联系方式，包括林朗朗在内。高三上半学期，在那件事后没过多久，他就转学了。

陈最的名字，林朗朗搜遍了所有社交媒体，一无所获，几乎就要跟冯笑商量发起寻人的时候，她一个激灵想到什么，打开了蓉城人民医院的主页，努力搜寻记忆中的那些病历证明上，陈最模仿他舅舅的签名。那个名字是：付健国。

飞机落地蓉城机场，林朗朗回老家放好行李，没跟朗妈寒暄几句，就径直去了市人民医院。外科科室前坐满了排队等候的病人，值班的护士不太耐烦，在林朗朗问了几次什么时候到她的号之后，起身想换班。

林朗朗拦住她，哀声道："我只是想打听一下付医生的外甥。"

护士白了她一眼，得到的答复是："他没有外甥，只有一个外甥女，就站在你跟前呢。"

林朗朗怎么也想不到，能跟陈最成为同班同学。

开学典礼大放异彩后，林朗朗面子浅，脸遮得更严实了，陈最倒是不受半点影响，每天雷打不动地在早自习结束才出现，第二节课后的早操也翘了，从车库围墙的秘密通道窜到对街的摊头吃担担面，很少社交，也不跟男生打球，一个人独来独往的。下午放学到晚自习前那一个小时，他一定会出现在音像店，听一张黑胶爵士。

林朗朗问过他："为什么班主任老邓都不管你？"

他煞有介事的收声，神秘兮兮地说："学校新宿舍是我爸盖的。"

陈最整个人散发着生人勿近的气息，女生们都挺迷他，包括冯笑，只是陈最都不搭理她们。冯笑给他的情书，他拆都没拆开，原封不动还回去了。他晴朗的那一面，只有林朗朗能拥有。

林朗朗的座位在教室中间，陈最会在课上经手好几个人传给她一个本子，上面画好了 QQ 对话框，他问，在吗？这叫"纸上聊天"。林朗朗不理他，他就让身后的男同学摇她凳子，这叫"闪屏抖动"。

下课他也不闲着，叉着腿反坐在林朗朗前座，下巴颏靠在她的桌子上，闭目养神。

林朗朗能感受到周围的目光扫射，问他："为什么要这样？"

陈最说："你知道我太多秘密了。"

林朗朗不爽："冯笑喜欢你。"

"我知道啊，"陈最说，"我才懒得谈恋爱。"

他的确是时间管理大师。

他们的关系当然会让青春期总是多愁的少女们生妒，林朗朗先是交上去的作业不翼而飞，再是被小范围孤立，照大头贴不带她，体育课上连毽子都不踢给她。最严重的是有次上学被外校的混混堵在路口，书包被抢去玩弄了一会儿，耽搁了早自习。到了教室，林朗朗从书包里连带掏出了一盒避孕套，周遭的同学们就热闹了。

整个上午林朗朗都埋头不语，忽略陈最的本子，紧贴着椅背，躲过闪屏。直到下课，陈最来到她身边，蹲下身，仰面与她四目相对。这姿势坚持太久，只听他哼唧一声，一屁股跌坐在地上。林朗朗终于笑了。

陈最按着屁股说："别笑，绑上。"

说着把一个带笑脸的头绳扔到她桌上。

林朗朗躲避他的目光："我脸大。"

"所以绑上啊，用愚蠢遮愚蠢，就显得更愚蠢了。"

这血淋淋的讽刺直戳林朗朗，她破罐子破摔扎起头发，坦然地露出整张脸。陈最阅后颇为满意："顺眼多了，你就是缺少自我认知，明明脸还成，非觉得大，明明是他们的问题，非惩罚我。"

林朗朗反唇相讥："谁敢惩罚你。"

"有什么事跟我说，我罩着你。"陈最拍拍她。

林朗朗抬头："今天放学就需要罩。"

混混在校门口等候多时，陈最在旁边的小卖部买了碗泡面，倒上纯净水，剥了个鸡蛋，放进微波炉。他服务到位，亲自将泡面端给混混，说："您辛苦了，慢点吃。"

混混不明所以，肚子叫得正欢，掀开盖，用叉子忘我地一插，泡面就炸了。准确地说，是鸡蛋炸了。

伴着一声闷响，混混收拾妥帖的飞机头上堆满了泡面和鸡蛋碎，后知后觉，捂住脸哭了。

第二天，混混的家长来学校闹事，非说孩子脸上烫了泡儿，毁容了。后来有人敲了他们家的门，地上摆着一整箱避孕套，混混怕了，决定息事宁人，告诉家里人，脸上的结痂脱落之后刚好是个心形，你们看，多可爱。

陈最免了处分，但擅自用微波炉加热密封容器，以致他人烫伤，要写千字检讨。

交了检讨那天，林朗朗请他吃了顿大餐，酒足饭饱，陈最严肃地和她说了一个秘密。他说自己是从另一个星球来的，在银河系外，以复杂公式命名，跟太阳的质量相似。可能是掌权者错误的预判，才让他来地球体验人类的生活。

林朗朗问："那既然知道是错的，你为什么不反抗？"

陈最说："有时候'犯错误'的原因，是因为心里有一个'如果这不是错误'的憧憬。"

"你别那么认真，我真的快相信了。"林朗朗瞪眼。

陈最笑出声，林朗朗上去就是一拳。他补充道："不过我说真的，别对我太深情，我随时可能转学的。都跟你说了，我爸是地产大亨，项目在哪儿他在哪儿，我已经跟他转过三次学了，所以我能待的星球在哪儿，我都不知道。"

后来林朗朗才知道，那个混混是冯笑的亲哥，冯笑倒戈得很彻底，和盘托出他们军训卖病历单，也是她告发的。

自此林朗朗失去了她唯一的女性朋友，与陈最就像毗邻的两座孤岛，流浪在无人问津的大洋之中。

她打小就没什么优越感，光不自卑就已经用尽了全力，但从那之后，林朗朗扎着的头发，再也没有放下来过。

蓉城老家。林朗朗看着镜中的自己，发际线两边的碎发好像稀了些，她在家中翻遍了学生时期留下的东西，那个笑脸头绳已不知去向。二十五岁以后，她就很少扎头发出门了，习惯精致的大波浪、日韩系的发色，标志的肉脸也因为肉毒素和热玛吉的功劳，紧致成了标准的鹅蛋。她向朗妈要了根皮筋，将头发扎起，拾掇好的瞬间，少年气好像重新回到脸上。她化了个淡妆，按约定在咖啡店跟付医生见面。

林朗朗道明来意，付医生精神矍铄，讲话也不拐弯抹角，直截了当地回答了她的疑问。

"他是我的病人。陈最这孩子我印象特别深刻，来蓉城的时候，十三四岁吧……当时他的膝关节置换是我给他做的，恢复得挺好，别看他长得文文静静的，鬼主意特别多，开始他父母想让他上学，勉强得不行。上了高中之后，这小子讨学上了，硬是坚持了三年。"付医生话锋一转，面色沉郁道："谁想到后来肺部感染，拦不住，没坚持多久，就走了。"

付医生的声音还在耳边嗡嗡响，林朗朗的身子像被一双粗糙的手攥紧，一时间动弹不得，沉吟半晌后，她低声问："什么时候的事？"

"得有十多年了吧，"付医生晃了晃手指，"我记得你们的班主任还来看过，他没告诉你们吗？"

林朗朗没有再追问下去，她有些失措，不知该动用哪种情绪应对这样的场合，她甚至有些不合时宜地笑场，临走时，只留下一句："你为什么不是他舅舅。"

从咖啡店出来，林朗朗被强烈的日光晃了眼，手机的班级微信群里还在闪着消息，有人晒了娃，聊起亲子话题，一片岁月静好。而"陈最"这个名字，仅仅用了刚才二十多分钟的时间，就划上方框。更可惜的，如果不是林朗朗三十岁的拍摄计划，可能他会永远被掩埋在真相之下，直到被遗忘。毕竟成人世界强迫我们记得的事情有太多，都希望能有放下之后的平静，就像在山中，松花酿酒，春水煎茶，再谈起青春，像是两个维度的对话。

林朗朗重返校园，老邓带她看看母校的变化。他带完最后一届学生就要退休了。当年学校这边，只有他去看了陈最。毕竟关乎人命，怕影响同学们备考，老邓只好骗大家说陈最转学了。当然，这也是陈最生前自己的意愿。林朗朗缄默，只身站在二楼的走廊边，低头看着花坛边追逐的学生。

老邓带着一个档案袋过来，从里面翻出一张表单，是当年二班学生的登记信息。

"你可能需要这个。"他指了指陈最的家庭住址。

高二分班结束，陈最和林朗朗都学的理科，老邓教数学，还是他们的班主任，刚好免了磨合期，直接无缝衔接高考模式。陪伴他们的，是永远写不完的试卷，能睡一会儿是一会儿的课间十分钟，还有安静到吊诡的晚自习。当时流行有味道的中性笔芯，所以一到晚自习，伴着签字笔在作业本上的沙沙声，还有哈密瓜茉莉柠檬的混合香味。

林朗朗打了个喷嚏，老邓坐在讲台上，抬起眼温柔地给她回了个礼。她一哆嗦，脖子往羽绒服领口蹭了蹭。

这是记忆中最冷的一个平安夜。

陈最传来本子，熟悉的对话框上画着一棵圣诞树，邀她共翘晚自习，看碟去。林朗朗托着腮，兴味索然地在圣诞树旁添上礼盒、袜子、圣诞糖果，丝毫没注意老邓早已翩然而至，站在她旁边意味深长地看着她的艺术创作。

林朗朗抬起头，一阵羞愧从脚底烧到脑门，猛地合上本子，学校突然停电了。

教室瞬间陷入黑暗，有人带头欢呼，连带着整栋教学楼都闹腾起来。在年级主任挨着班通知电路维修，晚自习取消之后，大家收拾书包，鱼贯般拥了出去。陈最摸黑找到林朗朗，让她不用跑。

林朗朗问："不会是你切断电路的吧？"

"还用切吗，吸引力法则懂不懂？"陈最得意道，"你真心想做的事，全宇宙都会来帮你。"

结果刚出教学楼，电就来了。看来宇宙没空搭理你啊，林朗朗腹诽。

眼看距离校门还有段路，前面的同学眼疾手快地冲出校门，只有他俩这种动作慢的，跑也不是，停也不是，只能愣在原地，举步维艰。

老邓适时出现，见陈最和林朗朗犹豫的样子，朝前指了指，喊道："愣着干啥，跑啊。"

林朗朗得令，牵住陈最就往校门口冲，跑到校门外，所有人心照不宣地笑了，认识的不认识的，都互相道着节日快乐，开始迟来的狂欢。

那晚，他们去了陈最经常混迹的音像店，原来屋内还有个小型的私人影院，老板是蓝光碟发烧友。陈最选了《真爱至上》，他说这是他每年圣诞节都会看一遍的电影。

屋内只有一个淡黄色的亚麻沙发，他们隔着一点"安全"距离坐在中间，荧光打在二人脸上，异常暧昧。尽管林朗朗不明白为什么要在这样的日子，与一个男生在这样的空间里，看一部甜到齁的爱情电影。

爱情对她来说，模糊得像是藏在字典里的生僻字，明明是与生俱来的本能，却像悬在头上的达摩克利斯之剑。她的情窦不敢初开，小鹿无心乱撞，即便上小学唯一嗑过的紫薇、尔康CP，也在他们接吻那集，被朗妈抢过遥控器强行换掉。朗妈说，这个世界上任何东西都比爱情可靠。

朗爸的变心已经成为童年记忆里偶有瘙痒的笑柄，她从小被朗妈教育，女孩要靠自己，不要相信关系，因为与人保持亲密，是世间最难的修行。

林朗朗深呼吸，手自然地垂在腿边，不巧靠上陈最的手背。时间被拉成漫长的升格镜头，林朗朗眼波流转，荧光屏投射的光，像是点在眸子上的钻石，心里凭空生出一只毛虫，围着心壁绕一圈，绵延着血管直上。下一秒，陈最收回手，升格镜头戛然而止，林朗朗刻意整理起毛衣领口，用余光看他，他竟然捂着膝盖在掉眼泪。

电影里，安德鲁·林肯正在一张张翻着牌子对他暗恋许久的女孩表白，但女孩已经成为别人的新娘。

"不要看我。"陈最抹掉眼泪。

林朗朗故作姿态地嘲笑他两声，默默移开身子，靠在一侧的沙发把手上。

那个时候，林朗朗不知道的事有很多，比如陈最不是因为电影情节哭，而是因为刚刚跑得太用力，膝关节磨损痛哭的。比如电影里的那两句"Enough. Enough, now."对陈最意味着什么。

人生如是，相逢不会错过，离开不可避免。

电影放毕，陈最送她回家。冬天的呼吸是有白雾的，撩拨着气氛，总有不合时宜的浪漫感，加上路上还有学生追逐，互相喷着瓶装雪花，两人话题有点捉襟见肘，尴尬地止语走了好几个路口。

"你今后想做什么啊？"陈最把话题捡起来。

林朗朗愣了神，拖着好长的音节回答："我妈想让我当老师，或者公务员，还有会计也不错。"

"我问的是你，你想要做什么？"

"我不知道，"林朗朗侧过头，嗫嚅着，"好好考试吧，我数学那么差……"

"考试能当梦想吗？"陈最说，"你说说这谁发明的数学啊，出试卷的人也挺闲的，去证明直线ab垂直于直线cd，世间那么多美好的事亟待发现，你去证明两根线垂直，90度了又能怎样，地球就不会毁灭了吗？"

林朗朗被逗乐了，转而问他："那你呢？"

陈最眼神变得温柔起来，陷入遐想："我想看龙卷风。"

"你说真实的龙卷风？不是周杰伦的MV吧。"

陈最用胳膊肘撞了她一下，认真道："我看过一个纪录片，在美国的得克萨斯州西部，有一条龙卷风走廊，每年夏天龙卷风起的时候，像是一个个贯穿天地的虫洞。他们那里有一群职业的风暴追逐者，因为没有固定行程，没有酒店列表，完全由天气决定，所以能看见龙卷风是靠缘分的，永远不知道下一秒会遇见什么，太美妙了。"

林朗朗听得入神，这个男生太特别，处处是彩蛋，她舍不得漏掉他的只言片语。陈最讲着龙卷风的几次来回间，两人已经走到了小区楼下。

迎接他们的，是穿着黑色羽绒衣，头发吹得风情万种的朗妈。

朗妈坚定地认为她的宝贝女儿光荣早恋了，强行没收了林朗朗的手机。林朗朗也不示弱，用力砸上卧室的门，上锁。那是她这么大以来，跟朗妈吵得最狠的一次。过去母女俩睡觉都没有上锁的习惯，而这第一次的隔绝，也终于点燃引线，导致十八岁时那件事的彻底引爆。

按照老邓给的地址，林朗朗来到西城的旧公寓，她不确定十余年后，这里住的是谁，只能全凭缘分。开门的是个中年女人，即便脸上没有脂粉，也看得出年轻的时候是个精致的美人。

"您好，这是陈最的家吗？"

女人显然很错愕："你是……"

林朗朗紧张地将碎发拨到耳后："我是陈最的高中同学。"

"陈最的同学……"中年女人眼睛亮起来，"怎么会是陈最的同学？"

"我叫林朗朗，晴朗的朗。关于陈最的事，我也是这两天才知道，非常抱歉……"

"你就是林朗朗啊。他经常提起你呢。"说着，陈最妈妈将林朗朗请进屋。宽敞的大客厅，木质的简单装潢，老树枝叶茂盛，遮盖了窗外的风景。

"他在屋里呢，要我帮你叫他吗？"陈最妈妈指了指走廊尽头的房间。

林朗朗愣了几秒，眼圈突然红了，说道："我自己去吧。"

高三以后，林朗朗一度试图做个好学生，但一模成绩下来，因为严重偏科，分数离本科线还是有差距，不是靠几次挑灯夜战、无休止的试卷练习题，还在寺庙里向文殊菩萨祈愿能改变的。听说冯笑报考了戏剧学院，这才让林朗朗醒悟，原来走过高考这根独木桥还有别的方式，就是艺考。

陈最经常隔三岔五地缺课，行踪不明，林朗朗没有手机，也联系不上他。时间一久，班上都习惯没他这么个人，他的课桌成了同学们的杂物暂存处。

所有的一切都在为高考让路，一周七天的课，三天一小考，半个月一大考，体育老师永远在生病。同学间唯一的课余活动，就是写同学录。林朗朗斥巨资买了本活页带锁扣的，终于逮到陈最来上课，分给他一张粉色的，让他认真写，因为她要永久收藏。陈最给她的条件是，把他的放在第一页。

林朗朗对即将到来的十八岁毫无期待，仅剩的青春都被考试冲淡得食之无味，连成人礼都办得很随意，校方从北京请来教育专家，给大家讲了三个小时的考前心理辅导。

终于到了生日这天，晚自习结束到家已经十点，朗妈颇有仪式感地准备了一个水果奶油蛋糕，她显然没注意到眉头紧锁的林朗朗，更不管她嘟囔着还有两个小时生日才到，自顾自地让她吹完蜡烛，念叨着尽快去复习。林朗朗深知在这个时候提艺考的后果，但情绪是此刻唯一的猎手，她太需要发泄了。朗妈对艺考没概念，总觉得是坏孩子的把戏，一遍遍地问她："你从哪里知道这些歪门邪道的？"

几次推搡间，手里的蛋糕掉到了地上。

林朗朗眼中堆满委屈，不想再多说一句，在眼泪掉下之前，径直回了屋里。

硝烟散尽，朗妈敲了门，声音发涩："朗朗，生日快乐啊。咱们认真复习，明年考个好成绩，妈跟你一起努力。"

朗妈的房间开着灯，因为上早班的缘故，朗妈其实很难陪她熬夜，每回都撑不住早早就睡了，但母亲的偏执让她觉得，形式上的陪伴总比没有要好。

林朗朗闷在房间里，自尊挂在身上，过后才软下来哭。她咬着手指骨节，眼泪吧嗒吧嗒掉，生怕哭出声。

距离零点还有十分钟，窗户突然被石块砸了一下，几秒后，又来一块。

林朗朗来到窗前，陈最在楼下向她招手，示意她下去。他的身后，停着一辆车。

再见到陈最，他清瘦许多，本就立挺的五官被打磨得更突出，脸颊分明陷出了凹痕，神色也比过去黯然。他说，这是成熟男人的改变。

"这是？"林朗朗看向身后的车。

"我爸的。"

"你会开车啊？成年了吗你。"林朗朗伸手在车上蹭了蹭。

"驾照还热着呢。"

两人会心一笑，陈最看了眼手机，给她送上掐点的祝福："生日快乐！"

"礼物呢？"她两手一摊。

"想去成人世界看看吗？"陈最正色道。

林朗朗点头，脸上粉白得透出光来。

陈最取下手机电池，往身后的草丛里一扔："上车！"

陈最为她准备的礼物在仓山，距离蓉城四百多公里的风景区，新闻上说今年的狮子座流星雨，仓山是流行观测者提供的最佳观测地。如果不间断地开，大概需要六个小时。

"坐稳了。"陈最嘴角牵起笑，把车内的爵士音乐开到最大声，手握方向盘，一脚油门。

手刹忘拉，车熄火了。

林朗朗一个爆笑，随即握紧头顶的扶手，目光灼灼地看着前方，像是等待上刑场的壮士。

车开在高速上，起初林朗朗还有余兴陪陈最聊天，后来眼皮太重，还是睡着了。梦里回到了高一，老邓让她做自我介绍，她扭扭捏捏，说，我叫林朗朗，我的底色就是个小透明，裙子也行，牛仔裤也行，甜的也行，辣的也行，简单一点也行，复杂一点也行，对我好一点也行，差一点也行，我是个特别没个性的人……说着说着觉得委屈，哭得好伤心，班上的同学都在笑她。这时教室门被推开，陈最冲进来，将她带出教室，然后一手环住她的腰，在走廊边纵身一跃，伴着一两秒强烈的下落，身子一轻，他们竟然飞了起来。就像辛德瑞拉和小飞侠，两人十指紧扣，盘旋而升，耳畔似乎听到呼啸的风，他们撞过如烟般的云，看见学校变成脚下的一个点。

林朗朗太害怕了，她咬紧后牙槽，喊道，陈最，你千万不要松手。

因为靠近太阳，陈最整个人被笼上一层橙光，林朗朗拼命虚着眼，想看清陈最的样子，但眼眶里装的，除了逆光下他越发朦胧的轮廓，只剩被刺出的眼泪。

感觉身子被人摇晃了几下，梦境失重，跌落现实。林朗朗微微睁眼，睫毛被干涸的泪痕牵连，陈最的脸终于清晰，他轻声唤着，让她赶紧醒来，看他手指的窗外的方向。

日月同辉，天空好像被打翻的油画颜料。陈最摇下车窗，冷空气灌进来，带着早晨常有的露水气味，有种非常不真实的迷幻感。没等林朗朗清醒，循着日出的方向，陈最转动方向盘，一把冲进了田埂后的玉米地里，玉米成群结队地被压出一道车辙，直到群青色的天空越发明亮，在两人的脸上打出一层红晕，他们看呆了。

陈最声音很轻："你知道吗？恒星爆炸的时候，它们会将元素喷射到宇宙中非常遥远的地方，我们的太阳系、微生物，甚至组成我们身体的粒子，都是恒星的一部分。有一天，这些东西都会消失，但不会毁灭，因为能量是守恒的，所以这才是宇宙最惊人的奇迹啊。也许很多很多年以后，我们的身体，会变成可乐瓶上的泡沫，变成下一个月亮、天上的那朵云、鲸鱼、猛犸象，变成成千上万只美丽的生物。"

"真美啊。"林朗朗靠在车窗上，喃喃自语，"我好像能理解你，为什么想去追一场龙卷风了。"

陈最笑起来："希望在我身体里住过的粒子，这一生都能快乐。"

"我们拍张照吧！"林朗朗下意识地摸手机，才想起早被朗妈没收了，看向陈最，他默契地晃了晃电池槽空空如也的滑盖手机。

"算啦，好看的风景都带不走，"陈最安慰道，"所以人生里很多遗憾的事情还算什么。"

"陈最。"林朗朗叫他的名字，"我突然知道我今后想做什么了。"

陈最看向她。

"我想当摄影师。"林朗朗说，"我要带走这个世界上最美的风景，我不想要有遗憾。"

陈最若有所思，眼中的神采渐弱，随后禁不住笑出声："那今后我就叫你林大摄了。"

"等我考上传媒学院，未来你当我模特啊。"

陈最欣然应允，两人聊得忘我，完全忽视了身后朝他们追来的农夫。

陈最将身上的钱悉数赔给了农夫，那位大伯还算实在，放他们走之前，给他们装了一袋煮好的玉米。

不承想这袋玉米成了他们一天的口粮。眼看距离仓山就五十公里，阴晴不定的南方天空突降暴雨，降雨量大到开车就像在水里划船，陈最保持匀速，一脸丧气，难过的不是在车上啃玉米，而是流星雨可能要泡汤了。

新闻说最佳观测时间是晚上八点到十点，天色渐暗，眼看暴雨没有停歇的意思，他们转而开到仓县，等雨停。县城中心搭了个露天夜市，打在透明雨棚上的雨水声和夜市的热闹，还有中心小舞台上歌手忘我的高音，混在一起，形成了莫名和谐的人间烟火气。当地的百姓说这是一年一度的百家宴文化节，每个摊头堆满了土特产，红心猕猴桃、卤鸡、腊肉都争相举着爱的号码牌等待着陈最和林朗朗。更震撼的是排成几个长桌的大型酸辣粉嗦粉现场，师傅非常专业地现场制作配菜，汤料翻滚，香气袅袅，陈最和林朗朗饿急了，两人翻出兜，关键时刻连个一元硬币都摸不到。

此时，他们身后的音响发出一阵轰鸣，陈最急中生智，问她："林朗朗，我是不是你最好的朋友？"

林朗朗看着他，疑惑道："是啊……"

"那你想不想吃酸辣粉？"

"想啊。"

说罢，陈最冲上舞台，和台侧的工作人员商量完，站在舞台中央，调试麦克风，清了清嗓，说："各位好客的苍县父老乡亲们，一首歌换一碗酸辣粉。"

林朗朗瞪大眼，这好像是第一次听他唱歌，只见陈最扯着嗓子，喊："让我们欢迎，超级女声，林朗朗，为大家献歌一首。"

群众开始叫好，有人还贡献出了一只卤鸡。林朗朗被迫营业，循着掌声上台，清唱了一首周杰伦的《七里香》。一曲唱毕，林朗朗拽着陈最不让他下台，换他唱，他说从不听流行歌，推脱之间，师傅的酸辣粉煮好了，陈最眼疾手快地冲进人群，大口嗦起粉来。

"你给我留一口！"林朗朗也跟着冲下舞台。

两人大快朵颐，舞台上的小节目应接不暇，阿姨们穿着花裙子跳舞，也不管这十一月的天气有多冷，舞姿到位，一刻也不停。

林朗朗看陈最总是按着肚子，问他怎么了，他说："可能太辣了，胃不太舒服。"

有人喊了声，雨停了。陈最看了眼天气，拉着林朗朗离开，他们上车就往仓山赶。如果不堵车的话，上山应该还能看见流星雨。

陈最飙着车，车头突然往右一偏，旁边车道上的司机用力按了喇叭。

"怎么啦？"林朗朗吓得不轻，看向他。

陈最用力挺直身子："着急了。"

"着什么急啊！"

"你的生日礼物。"陈最表情凝重。

林朗朗摇下车窗，天空黑蒙蒙的一片，没有一颗星。

一辆堆满塑料管道的货车变道超车，开在陈最前面。陈最不爽，狠踩油门，绕到货车前方，货车又追上来，司机摇下车窗，对他们撂了句脏话，扬长而去。陈最不示弱，与货车上演了几个来回的速度与激情。最后一回合，货车司机变道忘记打转向灯，后面的一辆私家车躲闪不及，直接撞了上去，货车司机下意识又向左转方向盘，撞上左边的车。他们身后的陈最来不及踩刹车，情急之下猛转方向盘，将车子撞在路障上。

货车上的塑料管道全部掉了下来，雨后的地面湿滑，后面的五辆车连撞，高速路彻底被堵死，黑烟弥散。

林朗朗和陈最的脑袋都撞出了血，好在身子没大碍，他们狼狈地从车上下来，两人力气已经耗尽，躺在地上。陈最大口喘着气，脸上的血浸进嘴巴，发涩地咸。远处红蓝色的灯划破黑暗，救护车的声音从不远处渐渐靠近。

他们互相看了彼此一眼，而后望向漆黑的天空。

"我看见了……"林朗朗笑着，指着空无一物的夜空说，"我看见流星雨了。"

"我也看见了。"陈最说。

两人被抬上担架，在各自被送上救护车之前，陈最用嘴型对林朗朗说，生日快乐。

这起高速事故成了当年的新闻头条。陈最骗了林朗朗，他没有驾照，那个时候，他还没满十八岁。陈最担下了所有责任，因为涉及升学，学校没有给林朗朗下处分，朗妈失心疯般在家里大哭，林朗朗却异常平静。

原来，变成大人的那一刻，不是哭得最厉害的那晚，而是忍住没哭的那晚。

林朗朗回到学校的那天，老邓通知大家陈最转学了。她与陈最失去了联系，不知道他的住址，他常用的QQ也注销了，他就像从未出现过，就连车库的围墙，也被保安装了一层木板，再也没人能逃出去。

在寒假结束前的某一天，林朗朗接到一个陌生的来电，是陈最打来的。电话里陈最的声音很轻，磕磕巴巴的，他说他要出国了，林朗朗调侃道："去追龙卷风吗？"陈最没有回答。

"我们还会再见吗？"林朗朗又追问了一句。

可惜听筒里除了呼吸声，没有任何回应。

电话这头，陈最唱起了JAY的《晴天》：刮风这天，我试过握着你手，但偏偏雨渐渐，大到我看你不见，还要多久我才能在你身边，等到放晴的那天，也许我会比较好一点……唱完后，他就哭了。没有人知道他为什么会哭，因为其实林朗朗早就挂掉了电话，他是对着医院空旷的墙壁唱完的。

我们有一种不自知，是有些人其实已经见过最后一面了，只是那时还没有察觉。只能眼睁睁目送他消失在路口，像一滴水，落入大海。

林朗朗推开虚掩的房门，来到陈最的房间。

房间内有一种熟悉的味道，被子整齐地铺在床上，桌子被擦得光亮，上面放着练习册和课本，衣架上挂着陈最的书包，墙上贴了很多宇宙行星的复古海报。一切都像有人住着的样子，只是碰巧主人刚离开，去楼下取了个包裹。

在桌上的那摞课本里，夹了一张粉色的纸。林朗朗小心翼翼地抽出来，是当年给他的那页同学录，他一直没有还回来。

上面已经字迹工整地填好了内容。

姓名：陈最。性别：你说呢。兴趣爱好：广泛。喜欢的颜色：好看的颜色。喜欢的音乐：只要不是林朗朗唱的。喜欢的运动：静止。专长技能：花钱。对你的第一印象：很会装……晕。最喜欢的偶像：霍金。最喜欢的格言：来自尼采——对待生命，你不妨大胆一点，因为我们始终要失去它。

最后一个问题，"人生最大的梦想"。

她翻到背后，手开始发颤，她抬眼看着窗外，兀自笑了出来，紧接着，泪水决堤。

纸上，密密麻麻地写满了林朗朗的名字。

两个月后，林朗朗在蓉城一中举办了自己的摄影展，其中有一个部分，是班上四十五位同学的三十岁肖像。他们尽兴地笑着，毫不避讳展现眼角的细纹，露出并不整齐的牙齿，就连冯笑，眼睛也笑成了弯桥。在他们中间，是一张龙卷风的风景照。

这是不久前，林朗朗在美国的龙卷风走廊拍下的。这次，她没有吃到玉米，也没有碰上暴雨，路上的同伴也不是还没拿到驾照的不靠谱少年。

她和老同学们说，这是三十岁的陈最发来的。

青春时的我们，会因为一碗面里少了几块牛肉而大动干戈，会在喜欢的人面前虚张声势，赶在理智到来之前，永远会败给一次计划之外的不小心，陷入一段莫名心动的没道理。只是谁能想到，进入成年人的世界，所有的艰辛反而都沉默了，我们以为很远的那个未来，不过在几场四季变换，日与夜的恍然间，真切地到来了。

回忆里总有那么一个人，在你不知道的地方，用力冲破洛希极限，只为与你相撞，抖落满天星月，即便相遇一瞬，也是全部的温柔。

宇宙若是一场幻觉，你我皆名为灿烂，无论身处时间的哪一个瞬间，我们，终究会在一起。

人造

月

球

这个世界上，如果有最好的爱情，那一定是从一顿饭开始的。

当那一天到来，你的心上人会身披杂粮煎饼另加里脊肉和辣条，脚踩七种口味的棉花糖，手持吮指原味鸡来找你，情到浓时，火锅咕嘟咕嘟，心脏扑通扑通，说多了都是口水。

在美食面前，俞悦抱持着吃货的修养，可以为了一碗面穿越地铁和人海；可以明知道全糖奶茶令人发胖，还是迎头而上；可以下筷如有神助，一口一口吃掉忧愁；可以毅然辞掉银行的铁饭碗工作，花光所有积蓄，开一间餐厅。

俞悦的餐厅叫"MOON（月）"，与"悦"同音，店面不大，上下两层，加起来百来平，位置在蓉城市中心，不过藏在热门商圈背后的老街上，被几栋联排钉子户围绕，五金店、水果店、面摊、小吃摊、美甲美容一应俱全。"MOON"是这浓厚烟火气中，唯一一家于夹缝间生长的西式餐厅。

学校、家庭或是社会都没教会她做人，开餐厅倒是给她上了浓墨重彩的一课。为了省预算，俞悦自学画设计图，和装修工人吵了毕生所有的架，还要对付钉子户里的大爷大妈们。他们的耳朵最尖，只要餐厅里的音乐声大了，就报警；他们最惜命，装个空调都要来二十个人围观，说墙壁薄，容易塌；他们也最会吃，五折消费，半买半送，成群结队地来，挥一挥衣袖，剩下的打包走。在与街坊们的斗智斗勇中，俞悦练就了三头六臂，她深谙一个道理，在生意场上，唯有不要脸才能战胜一切。

好在西餐厅是老街上的稀缺资源，几道特色菜口味也独到，开店两年来积累了不少好评。热闹的商圈人满为患，年轻人倒愿意跟随点评软件的指引，摸索到这种巷弄里来，越是不起眼，越有返璞的惊喜感。

"MOON"里的桌椅，都是讲究的褐色老榆木材质，摆放齐整，除了墙上几幅马蒂斯的复制画，没什么其他花哨的装潢。香草烤春鸡、牛油果焗虾和梅渍小番茄是店里的招牌菜。这个梅渍小番茄还有背后的故事，俞悦之前在银行工作，有一年部门团建，安排了一家酒店的米其林餐厅，主厨的肉眼牛排和阿根廷红虾没让她有多惊喜，倒是那道赠送的梅渍小番茄暖了她的胃，浸过的杨梅配上软糯的小番茄，蘸上撒好的跳跳糖，一口咬下，番茄爆浆，酸甜跳动。俞悦眼里冒着星星，从此，成了常客。吃货的脸皮厚，点两盘梅渍小番茄，加一碗米饭就能解决一顿米其林。直到有一天，小番茄不是以前的味道了，一问经理，说主厨离职了。带着满腹的意难平，俞悦开了自己的餐厅，招厨师的第一个要求，就是做一道让她满意的梅渍小番茄。

这天是周六，原本是一周内翻桌率最高的一天，结果整日客人寥寥无几。快闭店时，有员工发现，某知名点评软件上，餐厅突然多了好几条差评，其中有一条权限最重的，还被顶到了热门，在首页默认显示。

差评内容说店内装修丑，灯光暗，不适合拍照，服务员忙不过来态度还差，梅渍小番茄居然招苍蝇。配图明显是用山寨手机的原相机，找了个最刁钻的角度，再配上背景的褐色桌面，小番茄被拍得像是呕吐物，不忍直视。俞悦气到爆肝，注册了个小号，义愤填膺地回复道，你还能再故意丑化一点吗？MOON就是全宇宙最好吃的餐厅，外加四个感叹号。

她本以为几个零星的差评会被淹没，没想到蝴蝶扇动翅膀，引来一场风暴。接下来三天，客人断崖式下跌，为数不多的几个客人就像先知，不为吃，而是来印证那条差评。两个女生已经拍了半个小时，就点了两杯柠檬水，末了还不甚满意地抱怨拍照确实不好看。俞悦终于忍不住，朝她们发了脾气："你们到底是来拍照还是吃饭的！"俩女生骂骂咧咧地走了。晚上闭店，俞悦刷新点评页面，又多了两条差评，原来那两个人是颇有声量的网红，还写了千字拔草文。

俞悦傻眼，一个人留在店里，看着清冷的店面发呆，不自觉音响开到最大声，招来了警察。那群大爷大妈团里，最爱报警的就属那个穿花裙子的何老太，她举着一根晾衣竿，像是传说中拿着三叉戟的鱼头怪物，一副吃人的模样。俞悦转换嬉皮笑脸模式，乖乖认错，接受教育，还请何老太吃了饭。时针划过十二点，她收拾着残羹，万念俱灰，手上一泄力，盘子碎了一地。她用力踹开碎盘子，终于还是哭了。人释放情绪的时候就像洪水开闸，哭是止不住的，但又不敢太大声，只能捂着嘴啪嗒啪嗒掉泪，可怜兮兮。

哭到一半，灵感上头。俞悦抽动着身子，找出那条差评的配图，仔细端详背景的桌面，通过榆木的纹路辨认出了桌号，然后调出监控，锁定了一个短发男人，宽松的白 T 上有一片加州风光的印花，根据监控的显示时间，从后台收款记录，找到了男人的微信昵称——lizhizhi。

"荔……枝……汁？"俞悦默念。

通过这个"荔枝汁"，俞悦又在几百条微博里搜出了白 T 的主人，女人的第六感是很可怕的，即便监控上的五官糊成一团，她也认得出轮廓。他最新的一条微博，晒了一张某香槟品鉴会的邀请函。

俞悦凭借万能的朋友圈搞定了邀请函，用上压箱底的亮片开衩长裙，全副武装，一入场就看到了身着西装的"荔枝汁"。"荔枝汁"鬼鬼祟祟地拿了个空杯子去洗手间，出来后，杯子明显洗了，杯壁上还挂着细密的水珠，他趁着倒酒的服务生不注意，自斟了半杯香槟，找了个光线昏暗的地方拍照，娴熟地切换社交平台上的小号，上传刚拍的照片，键入内容：服务生杯子没擦干就倒酒，香槟太甜，不推荐。

"好啊你，又在写差评！"俞悦神出鬼没地出现在他身后。

"荔枝汁"刚才所有的行径，全被俞悦拍了下来。他一把抢过俞悦的手机，凭着身高优势，抬起手飞速删掉，俞悦扒着他的手臂连蹦带跳，急了，直接上嘴咬。"荔枝汁"一声叫唤，丢了她的手机就想跑。俞悦眼疾手快地扯住他的西装下摆，两人在推搡间，碰倒了桌上堆成小山的香槟杯，杯子噼里啪啦地在地上炸开，场面失控，二人瞬间定格，成为全场焦点。不出意料地，他们被公关赶出了会场。

"'荔枝汁'，你把话说清楚！"俞悦跟在"荔枝汁"身后，狼狈地整理着被香槟浸湿的长裙。

"我们认识吗？！""荔枝汁"气急败坏地回头，"还有大姐，你哪里人啊，发音能不能标准点，我叫李止止，木子李，适可而止的止。"

俞悦轻嗔道："光听名字就够适可而止的了。"

李止止来到路口，停下："你到底是谁啊？"

俞悦滑开手机，打开自己的餐厅页面："差评是你写的吧，我招你惹你了？"

李止止眼仁一转，恍然大悟道："你怎么找到我的？"

"你坐的那木头桌子，是我开车一块块扛回来的，就算化成灰我也认得！"俞悦愤慨道。

李止止居然笑了出来："别介意啊，差评是我的工作。"

"你还笑，怎么这么不要脸啊？有你这么缺德的工作吗！"

"职业差评师听过吗？首先声明，我不是那种差评刷手哦，我也是有职业道德的，说的都是实话，只是放大了本来就有的缺点，你们这种网红店，能有几个是认真做菜的。"

"你斜视没治好吧，怎么偏见那么大呢？我怎么不知道我这成网红店了，我辛苦开的店，认不认真轮得到你说啊？你知道我……"没等俞悦讨伐完，李止止拦下出租车，身手敏捷地上了车，逃之夭夭，把俞悦的魔音抛在身后，"姓李的，我做鬼都不会放过你！"

某天夜里，李止止做了噩梦。他在"MOON"拍下小番茄，一抬头，俞悦张着血盆大口，像是电影里口裂的女巫。他从梦中惊醒，头上都是汗，空调可能出了问题，彻夜不制冷，起身到冰箱拿了瓶冰水，仰头喝了半瓶。李止止当初会选择做职业差评师，也是源于一次不愉快的网购经历，买回来的蓝牙音箱是次品，找客服投诉，客服态度恶劣，便给了差评。没过几天收到了一件寿衣，接下来是花圈、粪便包裹……手机收到陌生号码发来的威胁短信，还被各种卖楼贷款电话打爆。他过了好几天提心吊胆的日子，但就是硬气，不修改差评，无奈最后换了手机号，搬了家。

好评和差评本就是主观心理，只要好评不要差评的市场是病态的。李止止后来了解了职业刷差评的行业，心念一动，他不仅要继续差评，还要靠差评赚钱，这是虚假好评赋予差评的价值，他要让这些声音变成商家的阿喀琉斯之踵。

整个后半夜，李止止都睡得很轻，早晨九点，门铃响了，半梦半醒间他忘记看猫眼，直接开了门，俞悦顶着一张惨白无血色的脸出现在门口。

他用力砸上门，肾上腺素猛增，看了眼四周，确认自己不是在梦里。俞悦敲着门，一下、两下……哀怨的声音随之飘进来，开——门——啊。

李止止心有余悸，背靠着门喊："你疯了吧，你怎么找到我家的！"

俞悦幽幽地说："别说这儿了，你老家有几亩地我都能给你查出来，开门！"

李止止扶额："你快走啊，再不走我报警了！"

屋外没了声音，再看猫眼，俞悦不知去向。李止止侧耳趴在门上听了一会儿，正想松口气，一个扩音喇叭传来俞悦高亢的声音："住在603号房的'荔枝汁'，品行败坏，偷鸡摸狗，陷害忠良，其心可诛。"

并重复播放。

为了不侵扰邻居，李止止让她进了屋。俞悦进门第一件事就是找水喝，口干舌燥，加上三天没怎么吃东西了，整个人都火辣辣的。距离李止止上次的差评过去一周，餐厅来过的客人只有个位数，别看从开业到现在小有人气，但其实除开成本和人员开销，还是亏本状态。如果再这样下去，别说交不起房租，很有可能关店。更雪上加霜的消息是，就在这条老街的对面，离"MOON"两百米的一家铺面，竟然开了一家更大的意大利餐厅。俞悦经过这家店很多次，当时店正在装修，店内铺满粉蓝色调，她以为是服装店。后来临近开业，店内外都装满了花，她又以为是花店。等到围着外墙的装修网拆了之后，她才看到店内摆放着整齐的桌椅，招牌用烫金的花体英文写着"ROSA"。她记得在蓉城最高档的商场里看到过，这家正是他们旗下全新的创意餐厅。

"ROSA"开业那天，声势盛大，餐厅门前站着一排制服诱惑装的欧美型男，身后堆满了包装好的玫瑰，只要有人路过就送一枝，老街被围了个水泄不通，大爷大妈们争先恐后地抢着花，唯有何老太拄着晾衣竿叉着腰冷眼旁观，几分钟前她已经报了警，派出所的回复是，提前报备过。

与之对比，"MOON"门可罗雀，两个服务生已经擦了一上午的桌子，俞悦坐在门前，看着不远处的平地惊雷，心里不是滋味，毕竟自己花了两年时间开垦的老街，此刻竟有种为他人作嫁衣的错觉。她回头看了眼空荡荡的餐厅，与服务员眼神交会，悲从中来，眼泪不争气地漫上眼眶。

俞悦眼中含泪，一脸悲壮地站在李止止的开放厨房前，手边就是菜刀架。

李止止见状拿了个抱枕当防卫："你别乱来啊！"

"我乱来？就因为你的一条差评，我的餐厅可能就要死了，如果它真的没了，那就让你一起陪葬！"

"我说了我也是正经做生意，有人下了订单，我就按规矩办事，我写的每个字都是实话，又没有胡编乱造，我吃番茄的时候，的确有只苍蝇……"

俞悦打断他："下订单？我一个巷子里的小餐厅，两年来比谁都低调，谁会吃饱了撑的害我啊？！"

"你自己反省啊！"李止止举起抱枕，"会找我的客户一般有两种，一种是顾客，一种就是竞争对手。"

"竞争……"俞悦眼仁一转，让李止止交出手机，在联系他的雇主朋友圈里一扒，有一张老外的自拍照，她记得就是"ROSA"门口送玫瑰的其中一个。终于破案，连锁餐厅竟如此阴险，俞悦大手一挥，问李止止："说吧，给你多少钱，我要你也去那家餐厅打差评。"

李止止反唇相讥："你刚不是还在说我品行败坏陷害忠良吗？"

俞悦轻嗔道："我这是以其人之道还治其人之身，就怕你差评写不出来。"

李止止竖起食指，正色道："苍蝇不叮无缝的蛋，只要他这店真实存在，就没有我挑不出来的刺。"

"看来你对自己的定位挺正确的。"

李止止皱眉："就说你要不要吧。"

"报价！"俞悦喊道。

"看账号权重，顶级的一条五千块，便宜的一千。"

"我要最好的，给我便宜点。"俞悦瞪住他。

李止止爽快道："好吧，给你打个折。"

俞悦伸出手，比了个五。

"五折不可能。"

"我说五百块。"

李止止抱拳："您慢走。"

俞悦顺手握住菜刀把手。

"成交！"李止止粲然一笑。

这日晚餐时间，两人在"ROSA"门前排了很久的队，按俞悦的意思，她要深入虎穴，亲自品尝，还特地乔装打扮了一番，生怕被认出是对门那个内外交困的老板。终于轮到他们，接待他们的正巧是李止止的差评雇主。那个老外操着一口流利的中文，自称是店经理，招待两人落座后，热情洋溢地为他们推荐店里的限定情侣套餐。俞悦一脸尴尬，想解释，李止止在桌下踹她，煞有介事地说，就要情侣套餐。等经理走后，解释道，往往越是花样多的套餐，可瞄准的靶子就越多，无论从佐餐酒品质、菜量配比、上餐速度、餐盘器皿的重复率，还有菜品与所谓"情侣"的复合度上都可以做文章。俞悦听得心花怒放，咬咬牙，再贵的套餐也值得。李止止成竹在胸，手机已停在点评页上，旺盛的灵感蠢蠢欲动。

套餐从前菜到甜品，每人一共九道，每道菜都配了一杯餐酒，从气泡酒、玫瑰香槟到鸡尾特调、红葡萄和白葡萄，每一杯都顺滑适度。配合前菜三文鱼和腌制过的鲑鱼籽，口齿留香，白松露可丽饼软糯得入口即化。蓝鳍金枪鱼做成了意面的形状，配上意大利传统酱汁和开心果碎，口感独特。鹅肝肉眼牛排稍微有一点油腻，佐上一口西西里岛的霞多丽，单宁的涩味和红肉的腥咸中和，风味更加诱人。九道菜的器皿都不同，餐盘的纹路像是艺术品，连刀叉的图案都是特别设计过的。

俞悦双眼含泪，头皮发麻，简直是想骂脏话的好吃。

玫瑰是餐厅的主花，除此之外，还会跟随节日以及当日玫瑰的品种，配搭同色系的鲜花摆饰。今日的玫瑰花种叫蜜桃雪山，店员介绍说它们是欧洲高档的切花，一般只有在皇室加冕和婚礼仪式上才会出现，俞悦听得悦神，徜徉在黄色的花海里。到了十点，餐厅内亮起投影，墙上漾起花瓣光影，渐次汇聚到每张餐桌上，让人仿佛置身于梦幻的仙境中。

阅店无数的李止止也看呆了。投影仪式结束，餐厅内换回暖色灯光，他赶紧掏出备好的山寨机，故意拍了一张残羹的照片，结果雕花的金色餐盘亮着光，温柔得一塌糊涂，他不信邪，又随手拍了俞悦，此时俞悦正陶醉在南瓜挞挞的甜味里，叼着勺子，忘乎所以。李止止打开相册，没有强顶光，粉蓝色系的墙壁，即便照片不加滤镜，也衬得俞悦皮肤白皙，甚至还有点美艳。

吃货的另一大修养，就是绝不浪费，哪怕是杯里的一滴酒。九杯餐酒下肚，俞悦就上头了，打着饱嗝，脸颊泛红，看李止止看出了重影。李止止扶她从餐厅里出来，夏夜的暖风一吹，酒精后劲十足，俞悦彻底撒欢，拎着包在街道上跑。眼看来了车，李止止把她拽到身边，俞悦一个踉跄，挂在李止止身上，揽着他的脖子，嚷嚷着没喝够，想往回跑。李止止头大，直接将她拦腰抱起，扛在肩上，一路扛到主街街口。接连两辆出租看俞悦太醉，都拒载了，好不容易来了个天使司机，俞悦上车就吐了。李止止在后视镜看到眉头紧锁的司机，尴尬到脚趾抓地。俞悦吐完，趴在窗户边，一时兴起，支出大半个身子，迎着风大喊："我太快乐了！"

司机吓得方向盘都握不住了，李止止赶紧把她拽进车厢，用身子一压，牢牢铐住她的双手。只是姿势太微妙，俞悦的嘴唇正贴在他的喉结下方，微微一呼气，李止止就起了一身鸡皮疙瘩。闻到她的发香，李止止脸红了，和喝过酒满脸通红的俞悦，其实没什么差别。

半晌，俞悦侧过脸，在李止止的锁骨边磨蹭，重复念叨："我真的太快乐了。"

李止止不敢动身子，只能继续把着她的手，自说自话："你有什么好快乐的……"

"因为吃到好吃的了呀！"俞悦突然醒了，她支起脑袋，瞪着李止止，眼泪随即而至，立刻变成哭腔，"真的太好吃了呜呜呜呜……你的差评呢，你不是苍蝇吗？你叮的蛋呢……"

李止止不知道怎么回应她，努力组织语言。

"我的餐厅是不是要没了？"俞悦眼泪不止，她坐起身子，李止止顺势松开她的手。眼里还是眩晕，俞悦无力地靠在椅背上，侧身看向窗外，蓉城的夜景像是魔术师手中巨大的幕布，高楼的灯火透过车窗洒在她脸上，如梦似幻，像是对了然于心的观众开了个自以为厉害的玩笑。她吸吸鼻子，哽咽道："你知道我是哪种人吗？我很早很早就认清楚自己了，普通得要命，我很懒，既没才华，也没什么目标，能躺着绝对不坐着，能坐着绝对不站着。我不信那些成功学，只想到了年纪就结婚，生个小孩，家里有吃有喝，一家人健健康康齐齐整整就可以了。唯一跟其他咸鱼不一样的是，我爱吃，但不胖。开餐厅这两年，是我人生到目前为止最努力的两年了。我离开家，一个人来了蓉城，辞了工作，终于为自己努力了一次，这一次努力就用光我所有的勇气和力气了。这家店就是我的全部，如果它没了，我不知道我还有没有能力，再积极主动一次了。"

李止止顿了顿，叹了口气，说："我明白，咸鱼翻一次身有多困难，只有咸鱼自己知道。"

俞悦回头看他一眼："你这种只会看到别人的不好，又爱指手画脚的人，能明白什么？"

"也是……"李止止撇撇嘴，"就我这职业，还真以为自己多高尚呢，还不是废柴的遮羞布。在正经的工作上找不到认同，以为打差评多少有点正义感，其实不过只是安慰自己，多少还能有点对抗这个世界的权利吧。"

听他说完，俞悦鼻子一酸，眼泪又不住地往下掉。她激动地摇下车窗，又想起身，李止止眼疾手快地拉她下来，司机终于发了脾气，转动方向盘，靠边停车，请他们下去。

李止止嚷嚷着要给他差评。

俞悦站不稳，李止止无奈只能背着她，一路走回了自己家。

俞悦一进门就反胃，习惯性地左转去厕所，李止止大喊一声，为时已晚，她已经吐在了工作间。说是工作间，其实是个小型的录音棚。门背后非常专业地贴着隔音棉，屋内音响、电脑、录音设备齐全，俨然一副专业发烧友的配置。

李止止喜欢唱歌，他平时还有个乐队，偶尔在桥洞下玩，没有公开表演过，做职业差评师赚的钱基本都拿来做音乐养乐队了。按他自己的话说，就是玩了个寂寞。废柴的标配就是，三五个狐朋狗友，大门不出二门不迈，拆东墙补西墙，践行着外人眼中的不务正业。

俞悦像发现新大陆一般，抱着麦克风肆意乱吼。李止止一边收拾着她的呕吐物，一边胆战心惊地拉着她，害怕自己的宝贝们遭殃。

"想不到你还是个歌手。"俞悦把着麦克风，被音响里自己的低音吓了一跳。

"谢谢你抬举啊，我就自己唱着玩的。"

"那给我唱一首听听。"

"别闹。"说着，李止止就在电脑上播了一首《永不失联的爱》，唱了起来。歌的伴奏被他改过，配合他略带沙哑的声音，悦耳悠扬，歌词里那些细微纤弱的颤动，变成了恰逢其时的抚慰。

眩晕感再度来袭，俞悦看着李止止认真唱歌的样子，身上的毛细血管张开，酒精就是滤镜，讨厌的人都变得顺眼了。没等他唱完，俞悦抢过麦克风，说她也要唱，于是眼泪鼻涕横流地唱了《隐形的翅膀》，鬼哭狼嚎地吼了《死了都要爱》，又点了首五月天的《私奔到月球》。李止止垂死挣扎后放弃抵抗，陪她一起扯嗓子。123，牵着手。两人照做，真的十指相扣。456，抬起头。两人仰着脖子，就这么疯唱了一宿。

第二天醒来，俞悦躺在李止止的床上，眼仁转了转，猛地掀开被子，确认还穿着衣服。宿醉的她按着脑袋，蹑手蹑脚地来到客厅，看见沙发上团着被子，有李止止睡过的痕迹，这才缓了缓。香味飘来，李止止正在煮方便面。

"早餐就吃这个啊。"俞悦来到厨房。

李止止看了她一眼，嘟囔道："有得吃就不错了，我早上都不吃饭的。"

"你究竟有没有好好对待过自己的胃啊。"说着，俞悦打开他的冰箱，除了一盒鸡蛋、半包吐司，空旷得只剩空气了。

她让李止止停手，厨房交给她，开火用平底锅煎了两块吐司切片，夹上煎好的鸡蛋，从锅里挑出一筷子煮好的方便面，蘸上牛肉酱料，铺在煎蛋上，最后撒上一点方便面调料提味，盛盘。

这就是俞悦特制的方便面滑蛋吐司。

李止止大开眼界，咬下一口，半熟的蛋黄流了出来，配合牛肉酱，让人大呼过瘾。

李止止擦着嘴回味："接下来什么打算啊？"

俞悦摇摇头："他们生意这么好，我的店肯定支撑不了太久，我又没什么积蓄，可能收拾行李回家了吧。"

"我还有个办法。"李止止想了想说。

在他们职业差评师中，抛开李止止这种单个行动，只接雇主订单的差评师，还有一部分是恶意差评刷手，擅长团伙型作业，先给差评，再找店家付费删评。他们有非常缜密的行动代号，目标范围从网上店铺到线下实体店："肉"是指目标店铺，"肥肉"是能榨取更多钱财的店面，"猎人"是负责找店的人，"拍手"是负责给差评的。

李止止的乐队贝斯手Leo，是差评"猎人"，吉他手阿欢和鼓手张乔是"拍手"老大。他们在内部群招募了五百个差评刷手，都有自己实名认证的真账号，他们作为普通顾客消费并点评，通过故意跟工作人员起争执、假借网红拍淘宝照片占座、隐瞒食物过敏、编故事等一系列手段，权重高的一半用来刷差评，剩下一半疯狂打好评。

"为什么要打好评？"俞悦问。

"他这是新店，评价数量不多。好评多了，一条差评就很珍贵，因为好评的边际效益少，别人夸你一句，你只会高兴一会儿，如果别人骂你一句，你就会记很久。你的餐厅不就是这样的吗？而且好评审核得快，只要在平台合理范围内，可以有大量水词，现在的顾客都不傻，有些好评一看就知道是刷的。"李止止解释道。

"你真的……"俞悦意味深长地说，"太缺德了。"

李止止蹙眉："这不是你说的吗，以其人之道还治其人之身啊。"

俞悦说："你这诚意太十足了，先说好，我可没钱给你。"

"行了行了，"李止止摆了摆手，"要钱也不会找你要的，你的餐厅也算是被我捅了刀，就当救它一命，咱就扯平了。"

俞悦笑着一鞠躬。

差评联盟正式成立，"干翻ROSA"计划非常顺利地实施。前后大概一周的时间，那些差评和好评都起了效果，"ROSA"上座率明显跌了大半。此消彼长，"MOON"终于迎来了久违的客流回暖。

这期间，李止止成了"MOON"的常客，蹭吃蹭喝，担任设计指导，在店里放了很多宇宙元素的贴画和摆件，在榆木桌上铺了银河图案的桌布，摆上月球图案的餐盘，还客串服务生，店里忙时在门口帮着排队的客人叫号。气沉丹田，提高音量喊，38号的四位客人在不在！欢迎您抵达月球！叫得像是在语文课上有感情地朗读课文，这浪漫的仪式感引得对面的老外经理面色铁青，连放冷箭，猛抽了几口烟。

"MOON"的两周年店庆正好在周五的晚上，俞悦用一周时间的上门制作方便面滑蛋吐司，换了李止止乐队的一场不插电演出。俞悦到了店里，惊呆了，李止止在二楼铺上了沙石，挖出几个"陨石坑"，直接连到外面的天台，用串灯围出了一个小舞台，正中心摆着一个圆形的月球灯。Leo和阿欢弹吉他，张乔带了一个卡宏鼓，李止止一张嘴，就是人造月球上的一场民谣。

大爷大妈报警团肯定不会缺席，不过店里早为他们准备了美食，李止止还用一曲《女人花》迎接了他们。何老太终于放下晾衣竿，虚起眼睛望着深情款款的李止止，不忘塞进一口烤春鸡，晃悠着身子随风摆动。整个二楼都坐满了客人，也不管认识与否，大家推杯换盏，热闹非凡。

忙前忙后的俞悦，心满意足地看着小店的氛围，满心口的小虫在爬，痒痒的。给何老太换餐盘时，何老太抓住她的手腕，示意她凑近耳朵，悄悄对她说："你这个男朋友不错。"

俞悦直起身，解释道："他不是我男朋友。"

"我懂，现在还不是。"何老太笑起来，眼睛眯成一条缝。

俞悦语塞，脸上发烫，借口给客人倒柠檬水，躲去楼梯边。此刻没人注意她，她倒着水，微微侧头看向台上的李止止。他穿着白衬衫，第一颗扣子解开，锁骨毕露，宽肩的线条流畅得像是画上的模特，喉结随着唱歌的频率抖动着，月球灯的暖光打在他脸上，眼里有星星。突然，李止止望向她，两人四目相对，俞悦的心口就像被羽毛尖扫过，思绪像鸟儿腾起翅膀，手里便乱了分寸，柠檬水从杯子里溢了出来。李止止见状笑了，她也咧开嘴，空气都沾满了甜味。

夜深，服务员在楼下盘账，李止止陪俞悦在二楼收拾。

"对不起啊。"李止止突然说。

俞悦停下手，疑惑地看向他。

李止止挠挠头，不敢看她："就觉得之前让你受委屈，挺过意不去的。"

"那不也认识了你嘛，赚到了，今后谁敢欺负我，就派你去咬他们。"俞悦笑言。

"放心,有我在……"李止止接着补充,"我是说我们的联盟……"

"那这个联盟不能少了我，有什么是我可以做的吗？"

李止止想了想，说："有个礼物送给你。"

"嗯？"

"一记绝杀，"李止止拔了一根头发递给俞悦,"高档餐厅如果吃出头发会怎样？"

怀着忐忑的心，俞悦只身去了"ROSA"，特意选了一个边角的座位，桌上摆着最后一道甜品，她四下确认，掏出卫生纸里备好的头发丝，正准备放进盘子里，经理端着一盘菜过来，说这是主厨送她的。

竟然是梅渍小番茄。

这个摆盘她再熟悉不过，她慌忙地拿起小叉吃了一口，适度的酸甜，配上跳跳糖的趣味，口腔里上蹿下跳的味道立刻把她拉回了从前。那是好几次结束一天的工作后，换乘三次地铁，挤在像沙丁鱼罐头的车厢内，就为了去酒店吃到这个梅渍小番茄。俞悦想见见主厨，经理带她到了后厨，指着一位穿着白色厨师服的男士说："他就是主厨，也是我们的老板。"

男人大约四十多岁的年纪，即便是普通的厨师服，在他的身上也透出稳重又精致的质感。再靠近一点，眉宇俊朗，气质更是出众。要怎么形容他呢，俞悦的脑袋里，不合时宜地出现了一颗熟透的即食牛油果。"牛油果"主动伸出手，与她打招呼，介绍自己的名字叫秦朗。

秦朗换了一身便装出来，随着他落座，空气中浸染上一股淡淡的木质香水味。他开了瓶红酒，为俞悦倒上一口，让她尝尝合不合口味，举手投足间尽显绅士风度。他们很快略过尴尬，聊得热络。秦朗也才知道，当初在酒店总点梅渍小番茄的客人，竟然就是俞悦。他从小就跟随父母生活在澳洲，西厨是在墨尔本学的，两年前回国，在米其林餐厅当主厨，也是因为那份酒店的工作来了蓉城，发现这里生活闲适，人们对美食有信仰，于是决定另起炉灶，"ROSA"就是他个人投资的第一家店。

二人聊得正欢，秦朗放下酒杯，抬眼，温柔地看着俞悦，缓缓道："其实你上次来的时候，我就注意到你了。"

"上次……?"俞悦看着他深邃的目光和纤长的睫毛,眼神没了落脚点,紧张地咽了团口水。

"你在我们餐厅里喝酒啊,我全程都看着呢,你喝醉的样子,真的太可爱了。"秦朗牵起一抹笑。

俞悦尴尬道:"没做别的什么过分的事吧。"

秦朗低声说:"最多是非要向其他客人敬酒,不过你男朋友在,帮你善后了。"

"哦……那不是我男朋友……"俞悦着急解释,"是我餐厅的员工,陪我来的。"

"你也有餐厅?"秦朗眉头一升,眼睛亮了起来。

俞悦终于想起此行的目的,她神色黯然下来,揶揄道:"别开玩笑了,就是对面的'MOON',你不是请人给我差评吗?"

秦朗一脸诧异,说他考察这条老街的时候,去过那家店,几道招牌菜都不错,还想着竟然也有沾了跳跳糖的梅渍小番茄,冥冥中是缘分,但他完全不知道雇用差评师的事。招来经理一问,那老外哆嗦地解释是公司的安排,秦朗大怒,当场就让老外脱了制服离场。

俞悦在一旁大气不敢出,像是看了一出沉浸式剧目,男主角太美好,美到不真实。

那晚是秦朗送她回家的,他开着一辆不多见的藏蓝色保时捷,车载香氛是乘着热气球的小王子,冷气一吹,车厢内都是淡淡橙花香。两人聊了一路,聊在澳洲的日常、过往的经历,聊他的生活离不开香味。俞悦被他低沉而又力的声音抚摸着，竟生出不合时宜的困意。秦朗看在眼里，让她睡一会儿，不用在意。话音未落，俞悦就踏实地合上了眼。

醒来的时候，秦朗正在一旁安静地看着她，车内"突突"冒着冷气，音响播着坂本龙一的钢琴曲，车已经停在她家楼下许久。俞悦擦了擦嘴，说你怎么没叫我，秦朗回她，不舍得，我的副驾已经很久没有女孩子睡得这么香了。俞悦被撩得头昏脑涨，匆忙道别后回家洗了个澡，擦着未干的头发，收到秦朗语音发来的一句"晚安"。下意识连放了三遍之后，她惊觉一定是今晚的红酒太醉人，以至于忽略了李止止的好几条未读信息。他说，上次周年庆在店里表演的时候，有个客人是酒吧老板，邀请他们乐队正式演出。

这天一早，李止止咬着牙刷，兴冲冲地开了门，今天是俞悦给他做方便面滑蛋吐司的最后一天。李止止一脸阳光，问她怎么没回信息，与之对比的，是满面愁云的俞悦。两人对坐在餐桌前，俞悦终于开口，问他能不能删掉"ROSA"的差评，后续安排的刷手也取消。李止止当然不解，俞悦支支吾吾的，解释因为老板是她的一位老朋友，之前的差评是误会。

误会？李止止笑了，不过一天时间，俞悦像变了个人，之前为她的所有付出像一个自作多情的玩笑。他又连连追问，俞悦一慌，说："你本来也不是我的谁，我的事不用你管。"抛出这句话后，李止止没了动作，俞悦深知说错话，但不知道如何收场，只好选择逃离，不欢而散。

盛夏的阳光炙烤着街道，热浪滚滚，俞悦坐在吧台，一整天都心不在焉的，餐厅大门被推开，是秦朗。大热天也是一身妥帖的正装，衬衫剪裁合身，笔挺的西裤没有一丝褶皱，他拎着老花托特包，一只手插进裤兜，打量了一下店面，在服务生的注目礼和碎语中，带走了俞悦。

他们去了蓉城的鲜花市场，"ROSA"内的花束都是秦朗亲自选的，作为厨师，美食是灵魂，但作为餐厅老板，进食是与灵魂对话，他希望自己的餐厅能打包这种仪式感，让客人有一种生活在别处的体验。秦朗在经常光顾的花店里，搭了一捧红色系的花束，送给俞悦，里面有红玫瑰、大丽花、木百合和蔷薇果。他指着中心的一朵形态特别、颜色明丽的花，说："这朵花是南非国花帝王花的一种，名字叫'公主'，花配人，刚刚好。"

俞悦机械地抱着花，努力让灵魂跟上，她跟在秦朗身后，陪他把选好的花装上车，系好安全带，一时间竟有与他一起生活多年的错觉。伴着满车花香，他们回到"ROSA"，虽然临近晚餐点，但工作日加上差评的影响，餐厅内客人寥寥，秦朗倒也豁达，跟前台确认了预约情况，索性直接关了店。他卖了个关子，说要做一份只属于俞悦的套餐。

这也是"ROSA"开业以来，俞悦第一次有闲情逸致欣赏整个餐厅的装潢。秦朗告诉她，餐厅不可避免地成为大家拍照的场所，那一定要避免过强的直射光，就餐单元的照明最好要略强于环境照明，头上磨砂灯罩的漫射光，是他对比和测试过很久之后的选择。

秦朗调暗了灯光，点了两根蜡烛，接下来是俞悦没吃过的隐藏菜单、勃艮第红酒炖牛肉、布列塔尼蓝龙虾、特制的草莓鹅肝慕斯，还有最后摆成心形的梅渍小番茄，统统排着队抚慰着俞悦的胃。

"说实话，你的餐厅真的是我们这种小店老板的最高梦想了。"俞悦托着腮，若有所思地说。

秦朗的声音很轻："如果因为之前的差评影响了你的店，你可以考虑来我这。"

俞悦愣住："什么意思？"

"我的意思是，一起开餐厅。"

没等俞悦反应，秦朗已经将手搭在了她的手背上，他厚实的掌心浸着汗，俞悦汗毛竖起，心跳加速，她没有收回手，任由秦朗握着，直到她抬起眼，看到了站在门口的李止止。

李止止拽着俞悦的胳膊，将她带出了餐厅，一路拽着她，气势汹汹地往街道深处走。

"你要干什么啊！"俞悦甩着他的手。

他们停在一家水果摊前，李止止松开手，面对她，说："我干什么，你上我家骂了我一通，微信也不回，不好好看店，老往竞争对手那跑什么。"

俞悦揉着胳膊，委屈道："我不是说了吗，你别管我了，我本来就是条咸鱼，我不想努力了。"

"什么意思呢，当初哭着喊着餐厅要没了的是你，不想努力的也是你，你想过结果吗？"

"最坏的结果，不就是关店吗？"俞悦鼻子发酸，眼圈红了，狠狠瞪着李止止，其实她自己都不知道到底在跟谁置气。

李止止态度缓和下来，他嗫嚅道："刚才牵你手的那个大叔，就是你那个老朋友吗？"

"他叫秦朗，是'ROSA'的老板。"

"你别告诉我，你喜欢上他了。"

"……我不知道。"

"搞半天你有斯德哥尔摩综合征啊！怎么，有了大老板，自己的餐厅就不想要了？老天爷给你捷径，捷径就成了你唯一一条路啊？爱情到你这儿，怎么变得这么廉价呢！"李止止咬牙切齿道。

"说完了？"俞悦红着眼，"你今天才认识我吗？我就是这样的人啊……"

秦朗适时出现，其实他一直跟在身后，话不多说，上来就揽住俞悦的肩膀。

"你别碰她啊！"李止止扯开他的手，挺起胸，撞在他身上，靠着他绝对的身高优势，直勾勾地睨着秦朗，咬紧后牙槽，气焰嚣张。

这时，俞悦牵住了秦朗的手。

李止止注意到他们紧扣的手，频频后退，抿了抿嘴，对俞悦欲言又止，末了，捡起水果摊的苹果，咬了一口，离开之前，对秦朗说："付钱！"

说完，李止止单手插兜，回身走了，步伐越来越快，像是旋动钢笔墨胆后溢出的一滴墨水，消失在茫茫夜色中。

那晚，李止止没有回家，去了 Leo 那儿，喊来乐队的兄弟，疯狂弹贝斯，飙高音。一伙人喝得烂醉，闹到后半夜。李止止瘫软在沙发上，手里旋着地上的啤酒瓶。认识俞悦之后，在她面前，直截了当地说了很多话，没说的也有很多，他发了很多条仅她可见的朋友圈，就为了得到她一个赞。无论是好的坏的，总想要第一时间与她分享。他以为咸鱼和废柴是最好的组合，从来没有一个女孩，能让他放下原则，只是因为害怕她受一点儿委屈。

喜欢一个人时，用尽了全世界的句子，都词不达意。离开一个人时，找遍了万种理由，都言不由衷。

李止止删掉了"ROSA"所有的差评，同时也删了俞悦的微信好友，彻底消失。其实俞悦有想过找他，但没有立场，只能站在他家楼下，远远看着他六楼的窗户亮着光。宇宙在百忙中安排了一场邂逅，也在百忙中成全了一场分别。

一个月后，"ROSA"又恢复往日的人气，对面的"MOON"即便不受评价影响，也因为"ROSA"的分流，再也没有活力，利润只能勉强担负房租。俞悦算了笔账，如果这么下去，餐厅做到年底，差不多就寿终正寝了。正巧房东联系她，要交下半年的房租，于是她做了个决定，不再续租。

俞悦像个乖巧的跟班，成日跟在秦朗身后。正餐时间他在后厨忙碌，她就坐在餐厅的角落里照顾玫瑰。他们打卡了她从前舍不得消费的高档餐厅，逛了平日里不会多看的名品店。因为知道秦朗喜欢香味，俞悦也在手机上设置好备忘提醒，出门一定要喷香水。秦朗为她安排了一切，只差一句，要不要搬来和他一起住。

捷径就是给人走的，只是俞悦不承想，原来毫不费力得到梦想中的一切，并没有想象中快乐。

很快，秦朗带她与他的朋友们见面，大家坐在人均消费三千多的日料店里，聊哲学，聊宇宙洪荒，形而上的对话她根本插不上嘴，只能赔笑，努力掩饰自己的格格不入。终于聊到艺术，俞悦打开手机，给他们看自己餐厅的挂画，说她很喜欢马蒂斯。其中一个女孩子捂嘴笑她，说这是夏加尔，马蒂斯的笔触更随意，线条更鲜艳一些。俞悦借口嘴瓢，用夸张的笑掩盖羞耻心，暗自骂着那家卖装饰画的店铺。

她并不常吃日料，可能因为海鲜生冷不消化，肚子胀了一整夜，回到家终于放了好长的一个屁。她胡乱地甩掉鞋，瘫在床上，感到前所未有的疲惫，比她平日从店里回来还要辛苦。

"MOON"租约即将到期，俞悦提前三天开始清空餐厅，她辞退了服务员和厨师，给了他们一笔数额不小的"分手费"，打包好李止止布置的月球装置，依次摸过那几张榆木桌椅，想起当年跟师傅开着大货车在暴雨里运木头的狼狈模样，着实可笑。那条通向二楼的旋转楼梯也是榆木铺的，坐在第三层台阶上拍照，特别好看。

没有什么东西是永恒的，俞悦笑着安慰自己，与餐厅告别，联系好搬家公司明天一早来处理桌子，关上卷闸门，弯腰上锁，一回身，何老太拄着晾衣竿站在身后。

俞悦一惊，寻思着刚才好像没什么大动静。

何老太操着浓重的乡音问她："听说这店要关咯？"

俞悦牵起假笑，应付地点点头。

"不再坚持一下哦！说来就来，说走就走。"何老太蹙眉，眼睛被皱纹抓成一团。

"这样多好，今后也不会打扰你们了。"俞悦快速扫了她一眼。

"那已经打扰了的嘟个算嘛。我今后去哪吃烤春鸡，我孙儿最爱的焗虾也没咯。"何老太嗫嚅着。

俞悦心头一颤，笑起来："您如果还想吃啊，可以去对面那家意大利餐厅，我给您准备。"

何老太嘟起嘴："听说你换了个男朋友啊。"

俞悦哭笑不得："又听谁说的……"

"我就觉得那个唱歌的小伙子多好的，他长得真像我老伴年轻的时候。"

"您误会了……"

"你晓不晓得那天我跟小伙子说了同样的话，"何老太打断她，"我说，俞悦这个女朋友不错，你晓得他啥子反应吗？"

俞悦摇摇头。

何老太将晾衣竿立在墙边，掰开俞悦的手指，比了个五。

她想到了当时和李止止讨价还价的情景。

何老太也伸出手，跟她击了个掌："他当时就是这样做的。"

俞悦支着手，愣在原地。

何老太说："我不晓得你们年轻人咋想的，我只晓得，喜欢一个人，眼神是不会骗人的，那个小伙子，看你的眼神都要化了，你是住到他眼睛里头去的，他心里有你。我看他每天在店里头，那么大的月球灯和胡乱玩意儿搬来搬去，比你还热情，跟他自己的店一样。是因为他喜欢吗？还不是因为你喜欢。你们年轻人总说，不相信爱情，可你们尊重过爱情吗？明明有好的都不抓住，非要误会自己，还能有更好的另一半。有些人和你一起做的事，都是他想做的，和你一起吃的东西都是他想吃的，你以为那是对你好，其实不过是爱他自己。"

俞悦被何老太的一大段话呛得不知如何反应。

何老太举起晾衣竿，柔声道："这竿子是我老伴做的，他晓得我没啥子喜好，就爱收拾屋头，衣服窗帘来回洗。他人在的时候，我收拾，他给我晾，人走了也要陪到我。你说，上哪儿去找这么个爱人，我当时要是动了别的念头，肯定后悔一辈子。别以为一辈子是吓唬你哦！人容易忘事，但有些事，后悔起来，就足够撑一辈子咯。"

何老太越说越激动，眼睛都红了。

俞悦沉吟半晌，问："我可以抱抱您吗？"

何老太一撇嘴，张开双手，俞悦一把抱住她，不知为何，眼泪不争气地漾了出来。

几天后，秦朗要带她去参加酒店的高空泳池派对，原本送了她一套价值不菲的比基尼，俞悦实在不好意思穿，但又想要给他撑场面，只好咬牙在精品店买了一条五位数的吊带裙。为了不水肿，前一天没喝水，起早化了一个小时的妆，脚踩水晶高跟鞋，盛装出席。秦朗见她的时候眼睛都直了，连夸她性感。

秦朗只穿了短裤，肌肉线条优越，是派对的宠儿，男男女女都围着他喝酒。俞悦躲在人群外，见几个老外在跟他用英文交流，即便大段的长句她听不懂，但从他们突然看向她的举动和几个单词的组合里，也依稀能知道，对方在问她的工作。

秦朗回答："Her job is to be my girl."

真好，整句她都听懂了。

DJ 开始打碟，光线伺机跳跃，泳池腾起泡沫，泛起五彩的光，狂欢的高潮来临，大家纷纷跃入泳池。俞悦捂着胸口，想离开，正打算与秦朗告别，反应不及，被他一把推下泳池。

泳池的水漫过头顶，灌进耳朵，那一刻，俞悦脑中浮现第一次敲开李止止家门的情景。喝醉酒的夏夜，她跳到李止止的身上，上口咬了他的耳朵。在他的录音棚里唱《隐形的翅膀》，她声泪俱下，倒是李止止在一旁笑出肌肌。店庆那夜，她站在月球表面，被乐队众星捧月般围着，她听不见自己在唱什么，但听见李止止的一句话：放心，有我在。

终于从水中冒出头，俞悦呛得连连咳嗽，秦朗站在泳池边，竟然在笑。他一个不注意，被身后两个身材傲人的女生推进泳池。

俞悦狼狈地爬上岸，高跟鞋不知去向，湿透的裙子贴着皮肤，她遮遮掩掩地光着脚从人群里挤出来，找了块浴巾披上。此刻，好想见到李止止。立刻去，跑着去，一刻也不能等。

委屈上头，俞悦克制着胸腔剧烈的起伏，翻开手机，微信发不过去，甚至连他的手机号也没存过。她裹着浴巾到了李止止家，敲门无人应，只好漫无目的地在街上走，不知不觉，走到了"MOON"门前。卷闸门紧锁，钥匙早还给了房东。

餐厅外的墙角，堆放着打包好的杂物，一直没人来清理。俞悦翻开箱子，里面是串灯、贴画，还有那个月球灯。她将月球灯抱出来，底座连着插头，无法点亮。翻转球体的时候，她看见一处圆珠笔写下的字迹：我想成为你的月球。

月亮从四十五亿年前就一直守护着地球，哪怕行星爆炸，哪怕天体碰撞，哪怕宇宙跌入一段长时间的黑暗，月光都会伸进角落，与你说一世情话。

俞悦身上的长裙已经风干，脚上全是灰，头发搅在一起，用手一顺，扯得头皮生疼。她抱膝蹲在地上，眼泪一滴滴地掉落。掏出手机，滑到微博，一个小时前，李止止发了条状态，是他们乐队上场前的互相打气。

想到什么，俞悦打开与李止止的聊天记录，那家邀请他们演出的酒吧，叫48live。

俞悦抱着月球灯来到路口，专车无人接单，一辆出租也没有。突然，车灯晃了她的眼。何老太骑着一辆自带后座的电瓶车，她说，这是接她孙儿放学的座驾。俞悦蜷缩在狭小的座位上，何老太目光如炬，定好导航，用力一拧把手，坐稳咯。

何老太悻悻道，这是她第一次在一环路上骑车。

理所当然地，她们被交警逮了个正着。何老太在前面风驰电掣，交警骑摩托在后面追。这时，报警团的大爷大妈们悉数出动，他们有的骑电瓶车，有的蹬自行车，甚至还有踩平衡车的，众人团团围住了交警。俞悦回头，大家给了个"送战友"的坚定眼神，她肾上腺素直飙，眼泪跟了一路。

上半场表演结束，乐队正在调试设备。老板找到李止止，观众对刚才的表演并不买账，曲目选得过于小清新，他们想听燥起来的歌。李止止当然看得见观众的冷漠，台下有几个人看过他们，又有几个人在一曲唱毕后鼓了掌，站在台上的人最清楚。他没再多想，接着开始下半场表演。

下一首歌的前奏响起，台下仍然一片嘈杂，玩骰盅的、拼酒的、发疯的，各顾各的乐趣，没人再向狭小的舞台多施舍一点目光。李止止他们的乐队彻底沦为背景。突然，李止止的眼角亮起一抹光，微微侧头，吧台的方向升起一轮圆月。

俞悦站在人群后，高高地举着月球灯。月球灯连着身后的插座，发着暖色的光，像茫茫宇宙里，一枚温柔的信号。

这个世界上，如果有最好的爱情，那一定是以永恒的姿态结束的。

地球太危险，有人摘了一颗星给你，你就沉迷于宇宙。或许在人间，你早已到过月球，沉浸在一场温柔中，只是当时的你不知道，那是有人为你制造的，白日出没的光。

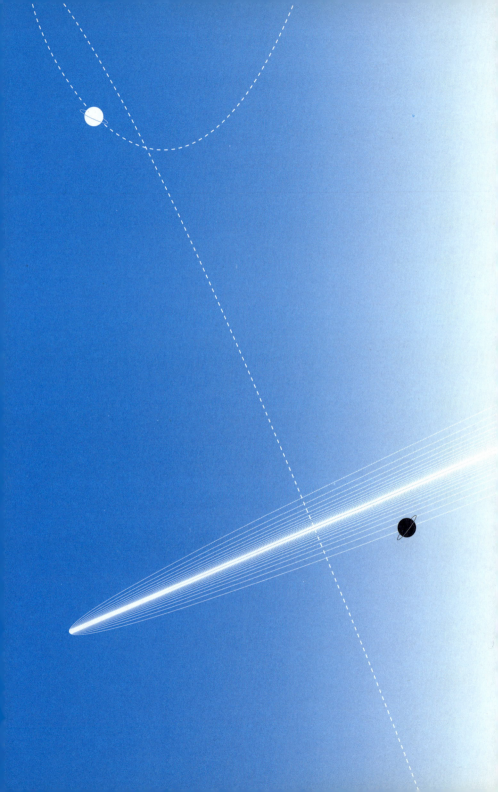

遗像上那个抹着红唇、姿态妖娆的女人，叫夏尔。

据她的意思，我已经尽可能让这个灵堂显得不那么制式，不奏哀乐，不必默哀，她的粉丝应援物铺满了走道，门口还有甜品台，粉丝代表有序而又专业地发放着媒体礼盒。不知道的，可能会以为是她新剧的发布会。

这就是人类的仪式感，用葬礼证明一个人的消失，用婚礼证明一段爱情的开始。

我念完准备好的悼词，台下终于有粉丝"嘤嘤"哭出了声。悼词有句话是这么写的：亲爱的夏尔，如果你问我们下辈子还会是好朋友吗？我会回答你，你上辈子已经问过了。

不承想对夏尔说出这么矫情的话，是在这样的场合。我都快忘记跟她认识多久了，如果闺蜜分等级，我俩应该算是千年老闺，至于为什么会落得这样的场面，故事大概要从三个月前说起。

蓉城入冬，夜晚总是沁凉。我接到夏尔的电话，被她的说话声震得耳朵嗡嗡响，习惯了，她一向是这样一惊一乍的。

"郑南一，夜深了，我有故事也有酒，你愿意带点脱骨凤爪、老妈蹄花、麻辣小龙虾来见我吗？"

从学生时代到现在，我就像她设定好的伴随型机器人，绝对没有"拒绝夏尔"的指令，别说半夜陪酒了，早晨叫醒服务、抄作业服务、登机前找身份证服务、躲狗仔服务，只要一个电话，晴天雨天，一日三餐，早安晚安，我随叫随到。倒不是我卑微，可能出于职业惯性，我爱为别人考虑，加上与生俱来的重度洁癖，大学毕业第一年，就做了职业整理师。不是家政保姆，而是掌握心理沟通、设计规划、视觉陈列法则等多种技能之后，对客户居家环境进行收纳和整理。解释这么多也无用，不了解的，可以一律按搞卫生的处理。

到了夏尔的公寓，她已经喝了一瓶红酒，瘫在懒人沙发上睡着了。我被眼前的绝景震慑了，不过几天时间未见，满屋子长满衣服，各大品牌寄的礼盒随意堆放，摊开的三五个行李箱永远待命。我踮起脚尖，绕过了一个个大型的防爆装置，找到一小块落脚之地。也是这些年，我见识到这位女明星是个多么可怕的物种，出了门是天使，回到家就是魔鬼，衣服永远会从衣柜里溢出来，堆在一个屹立不倒的凳子上，不能忍受脸上多余的细纹和脂肪，却能忍受堆满杂物的洗手池和浴缸。当初她逃离北上广，在蓉城安家，说是离不开从小生活的环境，其实是给自己的安逸找了个理由，我就是她最大的理由。

有些人越是惨绝人寰地富有，越会轻描淡写地剥削我等劳动人民。诚然，我也控制不住自己，乖乖开始整理。

"跟你说件事，你别哭啊。"夏尔不知道什么时候醒了，非常自然地翻开我带的夜宵，"前段时间我不是晕在剧组了吗，去医院检查，脑子里有颗瘤，医生说我只能活三个月了。"

她说这句话的语气云淡风轻的，就像平日里随口的一个八卦，我当然以为她在开玩笑。

"郑南一，我没开玩笑。"她完全能读懂我的心思。

她真的丢了脑部CT图和化验单给我，在那些左右侧额叶T123异常的专业术语中，我看到了刺眼的"肿瘤"字样。她指了指CT图上红圈画出来的小点，喏，就是这个。确认了化验单上患者的名字，我一时承受不了，悲伤瞬间上头，压抑着嗓子喊她："夏尔……"

"给我憋回去啊，我做了多久心理建设才接受了这个事实，你别让我功亏一篑啊。"

我转头去了厕所，猛咬拳头，直到骨节痛到极限，才松开嘴。努力克制好起伏的胸腔，打开门，看到她咬着凤爪站在门口，我哇的一声就抱住她哭了。

"帮我保守秘密啊，谁都别说，我不想让全世界哭爹喊娘地替我倒数。"

我点点头，心想，我要马上告诉我男朋友。

"方权也不允许。"

"为什么？！"她绝对有读心术。

"他一个哲学教授，万事皆可杠，我就指着潇洒这三个月了，不想浪费时间跟他辩论癌症病人到底要不要放弃治疗。"

我跟方权是工作上认识的，准确说他是我的客户，别看他是哲学教授，但不会整理屋子，脑袋和语言都性感，动手能力却为负。我们做整理师的，第一次去客人家里一般是先做诊断，与客人深度沟通，针对不同客人制订不同的整理方案。

方权不太好聊天，一上来就跟我聊叔本华和加缪，还问我陨石为什么总落在坑里。我诧异道，这种问题跟蚊子为什么总叮在包上有什么区别。他却说这是一个非常好的"休谟因果观"的例子。我皱眉，休什么？于是他给我讲了一下午的人类理解研究，休谟认为经验是因果关系的基础，而因果观念的确定是由于习惯的联想。我听得认真，不可否认，那一下午，我的确联想到如果跟眼前这个男人谈恋爱是什么体验，越想越不得解。他太神奇了，小眼睛每每讲到宇宙，总会不自觉闪起光。如果有外星人，我想第一次的亲密接触也就不过如此。陨石怎么落我不关心，我只知道，我落到他这个坑里了，一待就是三年。

不过夏尔不太喜欢他，总嫌他不讲人话，发骚都发得正气浩然，即便把宇宙研究穿了，也没半点要娶我的心思。夏尔当然是为我着急，我倒不是恨嫁，只是觉得生活已经定了型，两人的关系应该更进一步，才会有成长的机会，否则再美好的火花总有燃尽的一天。

说回夏尔。我没想过她对死这么超然，确诊之后，她熬了一宿看完了《西藏生死书》。人生大梦一场，每个人都不同，每个人也都一样，所有人都被剧透了结局，只是过程长短的区别。所以要保证质量，活出精彩，反正该死的一个都不会少。

"你有什么梦想吗？"夏尔突然问我。

"哈？"我被她的灵魂问题问住了。

"梦想还是要有的，不然你哪天喝多了，跟别人聊啥。"

"那我的梦想很简单，除了嫁给方权，就是发财。"

"第一个只能靠方权努力了，发财靠我。"说着，夏尔啪啪在手机上发着信息，完事给我看她跟私人银行的对话记录，好像是把什么账户的受益人加上了我的名字，她接着说，"这账户里都是保险金，五年后，每年返年金，你就从这里取。"

"干吗啊，我不要！"基本的矜持还是要有的。

她眉头一皱："别跟钱过不去。"

"好的。"我欣然应允，转念又想，"那你爸不会问吗？"

"这是信托账户，他不知道的。"

关于夏尔的爸，三两句说不完，她没有把癌症的事告诉她爸，准确说也无法告诉。这些年，她爸的行踪就像是流星雨，得碰运气才能找到，不请自来的唯一原因，就是缺钱了。

我又忍不住抱了她一下，问道："那你接下来什么打算啊？"

"你会开车吗？"

我点头。

她扔了串车钥匙给我："这三个月，给我当司机吧。"

夏尔列个了遗愿清单，第一个标红加粗的，就是要给娱乐圈画上浓墨重彩的一笔。

她辞掉了工作室的员工，给了经纪人一大笔遣散费，道谢散场。没过几天的电视剧发布会上，在所有粉丝和媒体的注目礼中，我俩像是刚从公园遛弯回来的过路客，进了酒店高档宴会厅。像夏尔这种量级的艺人，一般都是一带八，身边围绕着经纪人、助理、化妆师、造型师、摄影师，这次，她自己化了个随意的淡妆，挑了件宽松的连帽卫衣，没有酒店出发图，没有借的珠宝首饰，清汤寡水地站在台上。不可否认，仍然光彩照人。只要有夏尔出现的地方，无论男女，目光就是离不开她，虽然她的鼻子和下巴都有动过手脚，但主要有赖于基础卓越，不像我的五官，只能用"都有"来评价。

夏尔旁边的那个女演员，是她们同组的女二号，如果夏尔的脸是"do something"，那她大概就是换头的级别，圈内出了名的人精，拍戏的时候就发过很多艳压的通稿。来到群访环节，我站在台侧，虽然不是第一次陪夏尔出入这种场合，但还是觉得不适应。夏尔当然得心应手，面对媒体刁钻的问题总能巧妙化解，侃侃而谈。

有人聊起整容的话题，夏尔挤挤眼，说："我不想否认啊，这年头不要相信什么多喝水、早睡、少吃辣，没用的，大则动刀，小就医美，哪个明星不打针啊！"说这段话的时候，她看了一眼旁边的女演员。

女演员立刻回避她的眼神。

我脸上的表情凝固了，心里在给她鼓掌。

果然，夏尔承认整容占据当日头条，旁边女演员的反应被做成了鬼畜视频和表情包。经纪人过去总告诫她收起盲目自信的心直口快，打针要说是按摩仪推的，填充要说是整牙整的，自己装糊涂，其实所有看客都明白，彼此都累。

夏尔在后座刷着微博，不住地拍着我的座椅靠背，兴奋道："郑南一，我的乐园开门了！"

她的清单第二项，是放开了吃。接下来的一周，我陪她吃了牛油火锅、川菜、芋儿鸡、街边烧烤，再也没有开水煮青菜，没有低脂零卡，炸鸡不用去皮儿，炒菜不用过水，彻底拥抱卡路里。当喝到全糖的奶茶时，她在路上叫了出来，原来奶茶的味道是这样的！

我赶紧将她的口罩戴好。

我这几天的不着家，方权当然介怀，不过他非常会情绪管理，明明特别想和我别扭一下，问问我的行踪，但表面上永远是平静的，一脸事不关己。他翻着博尔赫斯的著作，半天下不去一页，我抱住他的脖子撒娇，问他怎么不理我。

他说："我只想把时间用到我想做的事情上。"

他对待自己的喜好向来特立独行，想想当时他说自己不爱收拾屋子的原因，是可以用这个时间多写两页论文。给他收拾衣柜的时候，我将他的衬衫和内衣物按颜色区分好，教他十字交叉叠袜子的方法，这样可以保护袜子。

捡到一只落单的袜子，我套在手上，假装是手偶，用奶音逗他："请问你看到我的小伙伴了吗？"

他极不情愿地也套上一只配合我："没有，我也落单了。"

我嘲笑他装可爱，他碰碰我的手，接着说："不然我们在一起吧。"

我看了他一眼："你说什么？"

他脸红道："我说……两只混穿。"

男人的嘴硬有时候真的挺可爱的。

第二天一早，我被夏尔的电话吵醒，她说昨晚在街上撒野被狗仔跟了，住址被泄露，私生饭堵到了家门口，只能先搬到我家来。

我睡眼惺忪地问："要不要去接你？"

她说："不用了，快到你家楼下了。"

我合上眼，长叹了一口气，刚想和方权解释，他背对着我说："我都听到了，你知道我没理由拒绝，我只有一个要求，不要侵犯我的生活半径。"

我掰过他的身子，躺进他怀里，摸摸他的胡茬："放心，她没兴趣侵犯。"

我们互相嘟囔了几句，又睡过去了。再睁眼已经临近中午，方权去了学校，我寻思着家里怎么这么安静，才意识到夏尔还没来。打电话过去提示关机，不好的念头猛然袭来，我一个激灵，穿上外套出了门，一路打着电话到了她家，大门紧闭。眼看距她早上的电话已经过了七八个钟头，我心一慌，直奔街口的派出所。

女明星丢了，我坐在派出所里，民警在我对面说："姑娘你冷静一下，你又哭又笑的我们没办法做笔录。"

我这样都拜夏尔所赐，刚收到她发来的信息：你家不是七楼出电梯左拐第一间吗？怎么开门的是一个帅哥啊。

我敢肯定她说的不是方权，因为我家是右拐。

夏尔将错就错，反手关了手机说没电，借口等对门的朋友，毫不见外地进了帅哥家，讨口水喝。帅哥叫段洛，标准模特脸，眉头高耸，面颊凹陷，没有一点多余的脂肪。他留着长卷发，不太爱讲话，为数不多的几句闲聊中，夏尔知道他刚从国外回来，是个画家，搞

103

现代艺术的。他完全不认识夏尔，更不在意她是否在场，铺开画具，自顾自地创作起来。

夏尔眉飞色舞地给我讲这段"奇遇"，难得挖到人间宝藏，她的遗愿清单增加了一项，睡了段洛。

在夏尔进演艺圈之前，她一直是恋爱里的常胜将军，后来没有保持纪录，不是因为战力退化，主要因为不太方便。她曾经大笔一挥，给了我五个"新时代女人"的建议：要找个真心爱你的男人，找个你看到他就会笑的男人，找个有孩子气的男人，找个懂得浪漫的男人，以及不要让他们四个见面。

这种危险发言，只是夏尔的恋爱观里最浅薄的那种。她常说要允许这个世界上各种人的存在，同时也要允许自己心里的小恶魔存在，在两性关系这件事上，如果很贪，就别藏着掖着，你可以骗过任何人，但是要对自己坦诚。

可惜才疏学浅，在恋爱失败的典型里，我可是太成功了。

还好我有方权。

清梦再次被夏尔吵醒，她在我家门上装了一个可视门铃，只要段洛出门，她的手机就会弹出消息。只见她在穿衣镜前胡乱撩了撩头发，故意扯了扯睡衣领口，锁骨毕现，假装开门，将垃圾放在门口，作势俯下身，睡眼迷离地对段洛说了句："早安。"

真美好的"偶遇"。

身为司机，我不得不陪她千里追夫，跟着段洛的车，我们到了城西的一家画廊。段洛在里面没待多久，见他出来，已经在车上撸了全妆的夏尔，一阵小跑路过画廊门口，又假装偶遇。

"这么巧啊，段艺术家，要不要一起喝个咖啡？"

段洛非常娴熟地接过她的话："我咖啡因代谢慢，一天一杯，已经喝过了。"

夏尔挑眉道："那我明天再来问问。"

我坐在车上，恭敬地对她竖起大拇指，学到了。

后来夏尔真的连问了三天，第四天，段洛终于请她进了画廊。不大的展厅内都是段洛的作品。夏尔在其中一幅前站了许久，蓝色背景下，两抹黑色线条组成了亲吻的侧脸人像，作品名字叫《即逝之吻》。

"画有卖出去吗？"夏尔问他。

段洛摇摇头："喜欢的人不多。可能不太符合这个城市的审美吧。"

"我买。"

"我不卖，"段洛看向她，"并不想要同情分。"

夏尔啧啧嘴："会有人喜欢的。"

"这么确定？"段洛挑眉。

夏尔莞尔一笑："我们做个交换吧，我帮你把这些画卖出去，你把你微信给我。但有个前提，不要那么快爱上我。"

夏尔的撩汉事迹成为我一整天工作间隙的精神养分。当了夏尔的临时司机后，我没有辞掉整理师的工作，而是用怀孕这种烂借口搪塞了领导，他宅心仁厚，减了我一半订单。公司的同事们都给我发来贺电，我无奈之下摸了摸肚子，除了嚣张跋扈的脂肪，并没有方权播下的种子，不知道该庆幸还是悲哀。

晚上到了家，从玄关到客厅堆满了快递，全是夏尔下周直播活动的选品，从卫生巾零食礼包美妆个护到电磁炉按摩椅，生活大小件应有尽有。我闷头收纳干净，才意识到方权已经独自躲在卧室许久。我悻悻地开了门，送上热情洋溢的3J品质车厘子，他睨了我一眼，用亚里士多德的友爱论，劝诫我朋友间关系的增进是善意的交互，不能一味地付出。我当然不承认，夏尔尽管强势，但我从不会感觉被冒犯和忽略。

他又补了一句，声调明显高了些："你每天跟在她屁股后面，是她养的宠物吗？"

我急了："你怎么说话呢？"

他终于忍不住朝我发了脾气："她凭什么可以理所当然地占有我们的房子，并且占有你。"

我冷冷丢下一句："就凭她是夏尔。"

那晚我抱着枕头去了夏尔的房间，没有多说什么，将被子盖过头顶就"嘤嘤"哭，想要安放这五味杂陈的情绪。夏尔掀开被子一角，凑上敷着面膜的脸，龇牙咧嘴地问："谁欺负我家郑南一了？"

听到她的声音，眼泪就不受控，大颗大颗地掉，她慌了神，抹掉我的眼泪，像哄孩子一样，边心疼边埋汰我："哭吧哭吧，你的眼泪反正不值钱。"

这个世界上，谁都想成为被温柔环绕的那个人，唯一只有夏尔，她值得拥有任何想要的人生。因为命运善妒，让她失去够多之后，造物者欠了债，怎么偿还都不为过。

从夏尔记事开始，她的母亲就缺席了，因为她天生是右位心，不仅如此，身体内的器官与常人也完全相反，俗称"镜面人"。她妈觉得自己生了个怪物，在夏尔一岁时就离开了他们父女。夏尔的父亲天性顽劣，成日不着家，外人都说，他早在外面有了别的女人。夏尔几岁的时候，他还偶尔出现，上了中学，索性一年就出现一两次。这些年，她爸留给她最后的亲人，就是患了腿疾的奶奶。老人家半个残疾，心也残，对夏尔并不好，说到底，还是嫌弃她是个女孩子。

夏尔足够独立，因为除了养活自己，还要养老人。她的早熟是被这个世界逼出来的，她对她爸说过最狠的一句话就是："你们当初就该把那三分钟用来散步。"

夏尔从小身体就不好，隔三岔五地往医院跑，光是病危通知单，就被下了好几次。因为身体构造的缘故，大病小病几乎都要全身检查，遇上不成熟的大夫，先不说误操作，光是好奇都要碎嘴半天，于是镇上医院和学校的人都把她当景点看。班上有男生带头欺负她，踹她桌子，扒她衣服，画她的怪像贴在通告栏上，还烧了她的头发。后来有一天，她当着全班同学的面，说："如果你们那么讨厌我，不用你们动手，我亲自来。"然后举着刀在手腕割了道口子，满手臂淌着血，直接被送去了医院，从此再没人敢欺负她。

大三那年，她被一个经纪人看中，去参加选秀，结果被组里的关系户给替了位子，止步全国三十强。在北京漂了一年多后，有一年冬天，有机会拍个清宫戏，演丫鬟，试戏的导演说她胖，她愣是不吃不喝，一个月瘦了二十多斤，学古人说话走路，快练成魔障了。后来为了保持身材，每天只有麻雀的饭量，即便如此，吃完饭也要贴着墙根站二十分钟。她对别人狠，对自己更狠，拼命地努力，较劲又坦荡。而我最大的自律，就是说了要减肥，真的坚持一直说。

二十五岁那年，夏尔在横店拍戏，被通知奶奶走了，说不上是解脱还是难过，她连着哭了三天，再后来，就没怎么见过她掉眼泪了。

认识夏尔之前，我觉得人人都有难处，认识她之后，没人能在我面前说难。夏尔的人生就是一个大女主的故事。在那个美好的躯壳里，装着丧乱、星辰大海、不甘和爱，以活着为期限，贯彻未来。

几天后，是某平台的直播活动。这场带货直播是夏尔确诊前签好的，直播当天，我和夏尔一早去了北边的演播中心。主办方浩浩荡荡派了十多个保镖，黑超遮面，从车上出来，一路护送我们到场地。现场其实没几个粉丝，零星有一些园区里凑热闹的人，他们看得尴尬，我们其实也尴尬。

直播开始前十分钟，我们突然被通知要安排一个副主播，说是可以帮夏尔带流程。一个化着浓妆、穿着洛丽塔风格的妹子坐在夏尔身侧，前面四十分钟还算正常，没什么动静，夏尔也实在，好几个品说得我都心动了。看着她在摄像机前游刃有余的样子，说话声音的频率，与镜头交互的眼神，我觉得她整个人都在发光。我很难相信她脑子里有一颗瘤，即将夺去她的生命，强行将她从我身边带走。想到这儿，鼻子又不禁发酸，连忙掏出手机跟着抢了几单，转移注意力。

播完上一个口红套装，副主播朝镜头外使了个眼色，一旁的工作人员端上一盒燕窝，夏尔蹦出一脸问号，我赶紧问对接我们的人："这个燕窝不在我们的选品清单里。"

对接人怯怯地说："这是平台的补贴产品。"

这先斩后奏的招数，将夏尔架在了直播台上。

夏尔当然不客气，双手交错抱在胸前，问副主播："这玩意儿你喝过吗？"

副主播舀起一勺，卖萌道："很好喝的，你试试呀。"

夏尔说："我不。"

气氛僵住，副主播保持微笑开始报价："厂商指导价168一盒，今天我们夏尔直播间的福利价只要……"

夏尔打断她："白送！"

对接人显然慌了，轻声在画外说："夏尔老师可能不太舒服，我们让她休息一下吧。"

夏尔一听，怒形于色："我的直播间，要休息也该她休息吧，今天这燕窝的链接只要你们敢上，我就敢送。"

最后，副主播被请离现场，夏尔以超高专业度，讲完了接下来所有的品。

直播结束，夏尔有点疲惫，我递给她一瓶水，她打趣道："该给我瓶酒，困了。"

我撇嘴瞪着她，她拍拍我的头顶："放心，死不了。"

话音未落，一个满身名牌 logo 的中年男进了屋，扬言要我们现在开直播，加卖刚才撤走的燕窝。夏尔视若无睹，穿上外套，拉着我往外走，走廊上站满黑超，堵住了去路。

我被这阵势吓得缩了脖子，夏尔回头瞥了中年男一眼，冷笑一声，继续往外走。其中一个保镖上前直接拽住我的胳膊，夏尔反手一巴掌掴在那人脸上："你再动她一下试试？！"

夏尔这一嗓子，吼得我汗毛直立，泪腺太发达，我又不争气地红了眼。几个保镖也显然吓住了，没人敢动。夏尔牵着我退回房间，对屋子里的一票工作人员说："这是玩什么呢，真当自己黑社会啊！我说你们啊，要么今天就把我弄死，要么我马上给你们直播个一天一夜，但就别怪多嘴说些不好听的。我做艺人，不怕别的，就怕没新闻，免费帮我宣传，我高兴啊。"

那个对接人哇一声吓哭了，中年男长叹一口气，作罢挥了挥手，保镖让出一条路。夏尔戴上墨镜，拉着我昂首挺胸地出了摄影棚。

上了车，我呆坐着，回了很久的神，夏尔也不说话，只是侧头望着窗外，我轻轻牵起她的手，手心好凉。一阵沉默后，夏尔说，喝酒去吧。

她其实也会害怕，但从来不会在我面前展露一丝一毫的难过。

我们成为好朋友的契机，是在初三那年。我们同校不同班，但我的班主任也教他们班数学。有一回模拟考试，我几个大题都没答上来，班主任留我在他办公室，说是要一对一辅导。他锁门那刻我就已经觉得不对了，讲题过程中越靠越近，夏天的校裤很薄，他将手放在我大腿上，羞耻感瞬间席卷全身，我想反抗，他竟然顺手握住我的手腕，往他身下送，小声在我耳边嗫嚅着："帮帮我。"

突然，我们头顶的窗户被石头砸破，班主任慌得停下手，起身开了门，夏尔英姿飒爽地站在门口，狠踹了他的裆部。她跨过蜷在地上的班主任，进屋带走了已经呆滞的我。

逃离学校的路上，夏尔问我："他是不是让你帮他？"

我后怕地哭出了声，委屈地猛点头，点完才反应过来，带着哭腔问她："你不会也……"

"帮了啊，"她说，"也是帮他这么踹的，看来上次那一脚太轻了。"

后来，我们给市教育局写了匿名信，原来还有好几个学生有相同的遭遇，班主任被学校开除了。从那之后，我每天上学放学都胆战心惊的，三两步频频回头，害怕班主任打击报复。不知从哪天开始，夏尔突然和我坐同一班公交车了，她比我高半个头，她拽着扶手，我扶着她，也是在那辆拥挤的公交车上，第一次听到她右边的心跳。

我知道了她所有的故事，高中文理分科，我劝服爸妈，选了文科，因为她选的是文科。夏尔习惯坐在班上最后一排，靠近拖布扫帚的卫生角。开学第一天，老师按照期末成绩排座位，我举手示意，将桌子搬到夏尔身边，告诉她："从此，你就有朋友了。"

我是暖水壶型人格，其貌不扬，内里再热，也有一个隔热胆包住自己，是夏尔教会我，不必活在别人的眼光里，只暖一人也挺好的。从此我们形影不离，不会缺席彼此的快乐和悲伤。我们大学在蓉城上的，她在一个三本院校读表演专业，靠脸在学校混得风生水起，驰骋爱情疆场，后来经历了选秀和北漂，那部她原本饰演丫鬟的清宫戏里，她成了女二号。

她没和我多说这几年精雕细琢的用力，只是在红了之后，轻描淡写地告诉我，决定搬回蓉城。一方面我在这里，另一方面，她不说我也明白，她想让曾经亏待过她的城市，好好看一看现在的她。

电话里，夏尔说："喝酒吗？同归于尽那种。"

借着酒意，她说当年写匿名信那事儿，其实挺怕的，上学放学坐公交车，不只是为了陪我，也是给自己壮胆。我知道即便这二十多年再所向披靡，抛开那件笨重的铠甲，里面包裹的还是一个需要安全感的女孩。其实我也有个秘密没告诉她，她曾经跟我提起过，有一年学校安排集体体检，她人虽然到了，但是拒绝检查，于是一个人坐在停车场边上的泡桐树下，带着一包瓜子，等大部队回来，等着等着就睡着了。醒来后，发现有人往她装瓜子的塑料袋里投钱，这成了她记忆中为数不多的糗事。

其实那个投钱的人，是我。

那天我早早体检完，路过她身边，我早知道她是大家口中的怪物，近距离观察她，这怪物好漂亮，还酷，不由得扔出了一张十块零钞，心里想着："怪物小姐，你要加油啊。"

我打心底欣赏她，即便自信是伪装出来的，哪怕骨子里藏着自卑，也要有一种铿锵的气概掩饰内心的软弱。她知道百无一用是深情，所以显得特别无情，知道别人的目光如炬，所以干脆就成为人群焦点,催眠自己,我最好看最可爱最优秀。如果全世界只有一束光,那照在她身上便是唯一落脚。

那一场宇宙百忙中安排的邂逅,没想到就让我们霸占了彼此的生命,一晃就过去了好多年。

蹦迪也是夏尔遗愿清单上的一项。

去夜店是有技巧的,去得早不如去得巧,在大家微醺之后,场灯一暗,谁也不认识谁。直播结束那晚,我和夏尔打卡了人民中路的网红夜店,一人一杯尼格罗尼下肚,胃里烧着火,她拉着我去舞池中心蹦跶。我很少来这种场合,加上天生没什么音乐细胞,跟不上鼓点,仅限于摇头晃脑,夏尔就比较天赋异禀,扭得有模有样,估计在家里也没少练。其间有几个男女认出了她,要求合影,夏尔心情好,一一答应,还拉着他们齐舞。

从洗手间出来,我们撞见在卡座上独自喝酒的段洛。夏尔朝我不怀好意地一笑,像只刚出洞的妖精,飘到段洛身边,跷着二郎腿,单手撑着下巴,对他说:"如果我说,这次是真的偶遇,你相信吗?"

段洛绅士地点点头:"It's you."

夏尔得意地一撩头发:"怎么一个人啊?"

段洛朝舞池的方向扬扬下巴:"陪朋友来的。"

"女朋友?"

"我也想。"

"光想没用,得努力啊。"夏尔说。

段洛笑了："你真的很有意思。"

"这我知道，勉为其难借你努力一下，"夏尔拿起冰桶里的香槟，自顾自倒了一杯，与他干杯，"敬我这么有趣的女人。"

他补充："女孩儿。"

"上道了。"夏尔粲然一笑，仰头喝掉杯中酒，起身打算走。

段洛当然诧异："这就走了？"

"对啊，毕竟有任务在身，大艺术家的画等着我卖呢。"说完，夏尔拽着我回了舞池。

我没看段洛的表情，但我猜，即便那张超模脸再镇定自若，他的心里一定风卷残云，不给猎物留任何缅怀大自然的余地，这就是夏尔。

我们跟随 DJ 的音乐，肆意在舞池里跳动，身心从未有过地放松，即便胸腔像被凿空般震得难受，但能感受到血液的流动。或许这就叫活着。

酒精上头，再之后的事，我便不记得了。

再醒来的时候，已经在自己床上了。宿醉后，胃里空空的，我出了房间，方权在厨房做午餐，客厅的地上摆着一个路锥。

我讶异道："这是干吗？"

方权背对着我，清冷地抛出一句："昨晚你自己抱回来的不知道吗？"

我按着脑袋，记忆断片儿，全是碎片，只好弱弱地绕到他身后，拽着他衣角，开启撒娇战术。夏尔这时也从房间出来，看到路锥，问了同样的问题。

方权没搭理她。

"哇，有牛排吃啊。"夏尔双手合十，闻香而来。

方权挤上黑胡椒酱："我只做了自己的。"

夏尔椅子拉到一半，停住："这就不厚道了啊。"

"你们反正那么能喝，还吃什么呀。"

夏尔不爽："方权你几个意思啊！"

"我几个意思，你们是开心了，从进门开始就轮流吐，马桶盖子都吐掉了。人贵在自知，带郑南一喝成这个样子，你知不知道酒精是会成瘾的，今后是不是但凡有什么情绪，不能自己消化，都要靠酒精了？"方权不带停地一口气说完。

夏尔顿了顿，说："我发现你真的太容易认真了，你不该谈恋爱，该去天桥贴膜。"

"好了好了，我来点外卖。"我举手示意停战。

夏尔懒得跟他吵，撇撇嘴回了房间。

他们这道柏林墙，从我第一次带方权与她见面就筑成了。夏尔嫌他假正经，方权说她太世故，两人互相看不顺眼，每次碰面总能唇枪舌剑三百回合，我永远被夹在中间，作为和事佬还经常被误伤，一边对我说："还不是因为你是她闺蜜。"一边又说："还不是因为你是他女友。"敢情都是我的错。

其实夏尔知道，方权没什么大毛病，他对我的好也是真的，就算是半真半假，但我喜欢他，没有半点水分。我的性格就是这样，喜欢一个人就会上头，不喜欢就自己默默走掉，我不会记仇，但谁对我好，我都很清楚。

反正夏尔说过："我不会妨碍你去爱，如果有一天被欺负了，只要记得这个世界上，永远有个地方让你哭就行。"

说来也巧，就在这周末，夏尔要录一个类似圆桌派的节目，因为嘉宾档期的问题，当天临时换了嘉宾，我在监视器外看到方权出现的时候，脸都绿了。方权除了是大学的哲学教授，他也自己做视频，是某网站的学术up主，圈子里其实还小有人气，之前还有出版社来找过，说要给他出书。只是不承想，他们竟然受邀同一档节目，当天的主题也很讽刺，作为各行精英的他们，要围炉聊"年轻人的崩溃"。

我还算不算年轻人，我不知道，但我真的很崩溃。

夏尔是当期的主咖，话头几乎都围绕她，只要轮到她发言，她就故意调侃方权，阴阳怪气，句句带刺。

原本是聊崩溃，聊着聊着，话题一转，聊起年轻人最关心的两性话题。

夏尔说："爱情是无师自通的，真爱来的时候，看着眼前的这个人，就想跟他在一起。"

方权接过她的话："我不赞成真爱论，引入真爱论只对婚内团结有用，但对于相亲配对却有反作用。"

夏尔反唇相讥："那像方老师这么优秀，肯定不需要相亲配对了，我建议可以试试婚内团结一下，也许就知道什么是真爱了。"

主持人问："方老师是单身吗？"

方权顿了顿，摇摇头。

"方老师反应这么久，我还以为你要说自己是单身呢。"夏尔将他一军。

方权说："这跟单不单身其实没关系，就像叔本华说的，爱情的美好只是一种欺骗，而婚姻更是一场悲剧。我不想用'未婚'或者'已婚'这样的标签来定义两个人的关系，我私以为，两个人在一起，是两个孤独的灵魂碰撞和交融，肉体虽然在一起，但彼此其实是独立的，双方都要把时间用到想做的事情上。"

夏尔笑着说："方老师可能平时都活在宇宙，不太知道我们地球人的恋爱，这个世界不会因为你的形而上，就给你想要的一切，两人也不会因为谁更有个性，就应该服膺对方的标准。如果都以自己'想做'为借口，谁还敢碰爱情里的柴米油盐。"

方权说："活得太清醒不是件浪漫的事。"

"那你不觉得装睡更不浪漫吗？"夏尔回。

录影现场的氛围很微妙，其他嘉宾都不敢搭话。

半晌，方权回："这只是局外人的偏见。"

"方权，你可以满口叔本华加缪，也可以天天独立宣言，甚至可以不问柴米油盐贵。你可以觉得人是永生的，年纪都不是事儿，可以今天心情好就接吻，不好就写论文，甚至可以生殖的目的一旦达到，就两手一摊，没关系，大自然不在意。但是，喜欢你的女孩不可以。"夏尔收敛怒意，缓了缓说，"有时候你们男人所有自以为是的浪漫，其实都是在用给对方的伤害来写诗。"

现场没人再说话，我在场外读着秒，好难熬的一段留白。主持人终于捡起话头，念上一条广告口播。

记忆中，这是方权对夏尔发过最大的一次脾气，不是吵得最厉害，而是闭嘴。

后来那期节目播出，节目派出后期神剪辑，将他们几次剑拔弩张的交火都删了，剪成了互相赞成彼此的观点，你说一句，我点头，我说一句，你鼓掌，非常默契。

为此，夏尔还发了微博，配了张《剪刀手爱德华》的剧照，内涵节目组，但看在我的面子上，她没再多追究。

一周后，我从客户家出来，方权在楼下接我。纳闷他怎么来了，才知道手机一直没信号。他说："你们那个好心的领导，电话打到我这里了，让我照顾好你们母子俩。"

我脸烧起来，瞬间头皮发麻，我不是个聪明人，谎言只是为了保护比真相更重要的人，深知不能再瞒他，只能告诉他夏尔的事，只要他别去找夏尔的麻烦，装作一切都不知道，我什么都听他的。

听完夏尔的遭遇，他沉默良久，说："你明天空吗，去趟民政局吧。"

不知不觉，两个月已过，时间凝望着我们，而我看向它，摆着手，它却不肯停。

在这期间，夏尔的父亲出现了，两个人就约在我家楼下，她爸大概是从最近的新闻上频繁看到女儿的名字，问她受什么刺激了。

夏尔来回踱步，说："没什么。"

他这次回来，主要是通知她，他要和新的女友结婚了，之后会定居新西兰。

夏尔点点头，问："钱够吗？"

夏尔爸憨笑道："这次不问你要钱了。"

走之前，夏尔叫住他："喂，如果有一天，你再也找不到我了，不要怪我，因为是你先对不起我的。"

夏尔爸闻言，抱了抱她，没再多说什么，转身离开了。

他们的身影被一盏孤独的路灯打着，非常像是默片里一场郑重的告别。夏尔将脖子缩进围巾，站在冬夜冷清的街道上，在时光溜走的间隙，好几次用力揉了揉眼，然后飞快地抬头，好像一切都没有发生过。

夏尔的最后一个工作是某刊物的时尚盛典，今年刚好在蓉城举办。不知从哪年开始，各类盛典有一个不成文的规矩，就是会让艺人团队配合产出各种物料，因此光是酒店出发照、杂志方安排的官图、红毯定妆照、内场的领奖和表演，最少就需要准备两套不同风格的礼服。而最容易产出新闻的红毯环节，便是各家艺人上桌的初战场，除了用尽浑身解数讨得最多的闪光灯，还要想尽各种办法拖延到达红毯的时间，谁能拖到最后，谁就赢了。

好在这次红毯在场内，不用受冻。作为夏尔的兼职司机，我没过问太多工作上的细节，如今人人都把自己当成大腕儿，无论咖位大小，一定被团队簇拥，我俩又成了人群中不一样的烟火，两人成团。夏尔从酒店房间出来，穿着一件自己在网上定制的宽松 T 恤，上面印着段洛的那幅《即逝之吻》。

她穿着这件 T 恤走完红毯，又从随身的帆布袋里掏出另外两款，说这就是她内场的战袍。

果然，不按常理出牌，夏尔成为众女星中最出挑的那个。在那些华服与珠光宝气之间，只有她活泼地上蹿下跳，见缝插针推荐她衣服上的油画作品。

段洛的画展闭展那天，现场二十多幅画几乎都找到了卖家。工人将画作包好，撤掉现场的搭建，画廊还原成一个无趣的水泥空间。

段洛故作神秘地将夏尔带去里面的隔间，打开墙灯，眼前是一幅大尺寸的油画，茫茫星河，在行星与行星之间，依次飞扬着夏尔曾经扮演过的经典角色。

"送给你的。"段洛说。

夏尔眼眸闪动，双唇微微开合："你从什么时候知道的？"

他垂眼道："你敲开我家门那天。"

"还说不认识我，心机很重哦。"夏尔打趣。

"还不是害怕吻不到你。"

"那不用再怕了。"说着，夏尔踮起脚，吻上了他的唇。

后来我问过她："你们这算在一起了吗？"

夏尔没有给我肯定答案，她只说："两个聪明人，从未谈过'爱'这个字，却早已不动声色地侵略了对方千百次。在兵荒马乱的岁月里，为喜欢过的人开了一扇门，是我的诚意，至于进不进来，那是他考虑的问题。但无论如何，这种交手，已经很让人开心了。"

夏尔的遗愿清单里，有一项是闺蜜旅行。说来也讽刺，我们认识这么多年，竟然从未有过真正意义上的旅行。她在网上看到一张图片，北方有一个叫阿那亚的地方，有一座建在沙滩上的孤独图书馆，每年冬季，海面会结冰，冻海奇观仿若仙境。

我积极响应，订好票，抛弃男人，开启只属于我们的闺蜜之旅。冬季的海岸线少有游客，浮冰与雪块藏起了海的暗涌，海风呼啸上脸。我们在海边的餐车上买了两块烤地瓜，蜷缩在一起取暖，呼着热气互相咬一口地瓜，总觉得对方手里的比较好吃。我们在艺术中心的下沉舞台仰望天顶，在孤独图书馆前留下照片。夜幕降临，海风酒吧奏起爵士乐，夏尔喝得开心，自告奋勇上台，让乐队配合，唱起了歌。即便被认出，也没有人打扰她，我红着脸坐在台侧，眼前已经天旋地转，努力保持清醒，想要再多看她几眼。

我们订了一间大院民宿，房间里有壁炉，柴火惬意地烧着。酒一直没断，我们像孩子一样拥抱、打闹，斟上满满一杯红酒喝交杯，给彼此涂口红，然后吻在对方的脸上。体力透支，我们躺在地上，我睡在她右边胸口，侧耳听她的心跳，仿佛回到了上学那会儿，第一次在公交车上听到她心跳的瞬间。她撩拨着我的头发，感觉到她的身子在颤，抬眼看，她竟然在哭。

"干什么啊！"我坐起身，心疼地抹掉她的眼泪。

夏尔眼泪如注，哽咽道："我不怕死，真的……郑南一，其实我很羡慕你，你知道吗，我拼命想要自由的那一刻，其实就已经不自由了。我也想有人爱我，也想结婚，有一个自己的小家，但我不敢说，我怕我说出来，就不酷了。"

"我懂，我懂……"我将她抱在怀里，眼泪也跟着上来。

终于要面临这一天的到来，我其实好害怕，尽管我早已习惯在她面前展示脆弱，但在这三个月里，我在提及任何可能的悲伤时都谨小慎微。究竟要做怎样的准备，才可以全然接受，心安理得地让生命中那个如此重要的人离开我身边。

都说人生最遗憾的，是没有好好告别。但其实更遗憾的，是我明知道你会走，却失去了告别的勇气。

夏尔遗愿清单中的最后一项，是要办一场特别的葬礼。不想要常规的流程，现场要放她喜欢的，五月天的歌，不想开放追悼会，除了我们，就让几个粉丝代表来就好。

借着酒意，我一一答应。

再次醒来，已经是第二天中午。我们在地上睡了一夜，地暖烘得嗓子发干，睫毛被凝固的泪痕粘住，我用力睁开眼，夏尔已经在划着手机了。

她的微信和电话被成堆的消息覆盖。昨晚喝多后，她竟然发了微博，短短几个字，她写道：我要死了，脑瘤晚期，再见吧，这个混蛋世界。

段洛打来电话，夏尔挂掉，手机再次振动起来，心一横，索性关了机。她说想一个人待一阵子，此刻只需要安静。我没再多纠缠，安顿好她，顺应她的意思，独自回了蓉城，但我们说好，只给她三天时间消化，三天后，再来接她。

这几天，我时刻关注着网上的舆论，夏尔躲在民宿里，原本以为天塌了，结果是我们多虑了，不过也就七十二个小时，信息快速更迭，今天这个艺人穿了什么衣服，明天谁又曝光新的花边新闻，那条她决定不删的微博里，除了真正爱她的粉丝痛哭流涕地关心，对于其他看客来说，不过也就是一条无法感同身受的新闻而已。

可能再过不久，这条微博下面，就全部点上了蜡烛，然后，成为了不重要的记忆。

有些故事不该是悲剧结尾的。

方权曾说，博尔赫斯野心勃勃地创造了一座小径分岔的花园，当他在一个岔路口停留，面前的每一条路，都向无垠延伸，又生出更多的分岔。书中说，在大部分时间里，我们并不存在；在某些时间，有你而没有我；在另一些时间，有我而没有你；再有一些时间，你我都存在。因此每一段故事最后的物是人非，都有平行宇宙里另一个结局堪以告慰。

再接到夏尔的电话，是在我要启程去接她的那天。

电话里，她的声音低沉，说医院刚刚通知她，上次的检查结果是误诊，输错了病案编号，她脑子里没有瘤，之所以晕倒，只是因为减肥过度，低血糖而已。

我在家声嘶力竭地喊，抱着方权的脸猛亲，扬言要去点火烧了那家不靠谱的医院，转瞬又想，不行，我还得感谢这破医院，把夏尔还给我了。想着喊着就哭了出来，这几个月的情绪终于得以释放。等我哭够了，夏尔说她做了一个决定，希望我支持她。

她还是想继续办这场葬礼，将错就错，彻底与夏尔的身份道别，这个迟来的乐园，她还没看够，没玩够，想去世界流浪，找到属于她的坐标。

夏尔走后，我收到一个礼盒。

打开是一件量身定制的缎面婚纱，上面附了一张卡片，她写道：看着你幸福，就是我最大的幸福。

我将婚纱抱在胸口，这一次，我表现很好，没有哭。

此刻的她，会在哪里？或许在台北的士林夜市吃到肚子撑；在东京的六本木展望台看到了若隐若现的富士山；在赫尔辛基与当地的村民一起吃烤鹿肉，喝伏特加，抬头看天空，出现了极光；在南山塔，和最爱的人共同绑上刻着彼此名字的情侣锁。

或许正在世界上最大的乐园，吃掉一口粉色的棉花糖，糖丝粘住嘴唇，她俏皮地笑了笑，然后逆着光，往前奔跑。

亲爱的夏尔，别回头啊，千万别回头啊。

关于夏尔的故事就说到这里吧。

灵堂响起的音乐打断了思绪，这是我特意为她选的，五月天的《转眼》。

歌词是这么唱的：

有没有人在某个地方

等我重回当初的模样

双颊曾光滑夜色曾沁凉

世界曾疯狂爱情曾绽放

有没有人依偎我身旁

听我倾诉余生的漫长

在你的眼中我似乎健忘

因为我脑海已有最难忘

最难遗忘

方权搂着我的肩膀，替我擦掉脸上的泪，我拍拍他的手，想一个人出去透透气。从屋里出来，阳光很烈，街道正好卷起一阵风，路两边光秃的树干抖落了满地萧瑟，这个冬天，应该很快就过去了吧。

有两个穿着婚纱的女孩从我身边跑过。

她们手牵着手，互相踩着影子，正青春的模样。小时候我有听说，只要踩着一个人的影子，那这个人就不会走远了。

细数此生的最美好，是我来时，恰逢你到。我在自己最好的时候，认识了同样好的知己，你为我拂去乐园的灰尘，让我永远好奇又贪玩，我们共同借着彼此的光，成为了闪闪发光的大人，而后再一同奔赴熹微。

的

浪

漫

就在一个小时之前，我终于结束了单身生活，成为余生的妻子。

此刻，余生正骑着重机车，在街道上飞驰，我坐在他身后，抱着他的腰，用力贴着他厚实的背，耳畔呼啸而过的风，撩拨着心底的安全感。这是我们约好的"婚礼安可曲"，与亲朋好友分开后，就我和他两个人，向全世界宣告我们的幸福。

与他相识十五年，早就住进彼此的日常，软肋摸得到，铠甲也看得见，吃喝拉撒睡，最糗的样子都烂熟于心，所以互相说那些肉麻的话一定会笑场，索性免去了烂俗的环节。我们戴着头盔，他穿着西装，加速轰着油门，我身上的白纱飞扬，像极了行为艺术。只听余生忍不住放肆叫喊："我们结婚啦！"

一定是他太跩扈，差点撞上来向的车。

我趴在他耳边吼道："注意安全啊老公！"

"死不了。"他似乎很笃定。

骑到桥头，不知从哪里窜出一只流浪猫，余生猝不及防地转了车头，刹车不及，直接撞在桥墩子上。我感到重心突然前倾，屁股离开坐垫，我们连人带车飞了起来。

在空中完成了一个冗长的慢镜头，我分明还感觉到落日的余光刺了眼，再想适应，已经跌入河中。

呼啸而来的河水漫过头顶，我下意识去抓余生的手，却扑了个空，心脏一沉，我怕了，不小心张了嘴，喉咙就像被刀狠狠剜了道口子，水不住地灌了进去，再后来，就没有意识了。

很长一段时间，我都处在迷蒙的黑暗中，随着身体失重，看见自己在水中挣扎，但我感觉不到恐怖和压抑，只是平静地在虚空中观察着，视线已经完全超脱了生理界限，就像与世界融为一体。我的眼中，整条河被拦截成一个横截面，我可以看见河床，看见河水，甚至看见河上的桥，桥外的高楼和天空。

我是死了吗？

我感觉到被一股强烈的力量向下拖拽，瞬间从方才的第三视角，回到了第一视角。

只是再睁眼后，白光刺得眼睛生疼，眼中瞬间溢满眼泪。我用力眨了眨眼，眼前是一块透明的电子屏幕，离我分明很近，却看不清上面的字。

扫视四周，这是一个类似起居室的空间，我正躺在一张软硬适中的单人床上，用指甲抠了抠手指，会疼。确认这不是梦，我还活着。

掀开被子，身上套着一件藏蓝色的真丝衬衫，颈部的扣子有些紧，上手解开时，我看见了自己的双手，已经斑驳地生出了皱纹。那分明是一双老人的手。我心中一慌，捧住自己的脸，眼角和嘴角的纹路像带着电，烫手。

脑中闪过不好的念头，我找到卫生间，果然在镜子中，看见了一个老太太。

后背顿时惊出一阵冷汗。

这时房间传来电子声，我摸索着回到床头，从枕头下掏出一块类似智能手环的鬼东西，轻触后，在空中投射出一块可以缩放的屏幕，上面的时间写着，2060年。

心里十万头草泥马轰然奔过，我穿越了。

以往看过的穿越片里，基本都是回到过去，给过去的人降维打击，可一下子到了四十年以后，除了能从这个手环的用户信息上，确认我还是我以外，我只有皱纹满布的脸和下垂的乳房。我不想玩什么天选之女的游戏，一定是这个梦太高级，睡一觉就好了。我回到床上，把被子罩过头顶，嘴里念着般若波罗蜜多，大师说过，业障多了，就念咒。

心跳平复之后，我掀开被子，缓缓睁开眼，一个年轻帅哥坐在我床头，含情脉脉地盯着我。

"您醒啦。"语气轻佻。

我慌忙坐起身，不出意料，还在这间起居室里。我忍不住打量眼前的帅哥，头发浓密，皮肤透亮，脸上没有一点毛孔，仔细看眉眼间还有点像我，难道他是……想到这，心里拨起了弦。

帅哥又说："您的体温36.5摄氏度，血压113/70毫米汞柱，健康状况良好。昨晚您睡了6小时37分钟，其中深度睡眠时间是……"

我打断他："你……是我孙子还是儿子？"

"我是您的家用仿生人，编号05060108。"

我愣住，上手摸了摸他的脸，冷冰冰的，没有温度，除此之外，与人类无异，说话也不像科幻片里那种siri声调的机器人。触摸到了前沿科技，别说还有点感动，我摸得忘乎所以，非常像在吃豆腐。我顿了顿，松开手，问："你名字呢？"

"我没有名字，我们仿生人只有出厂时设置的编号。"

"这也太缺德了，那我怎么叫你啊。"

"可以像以前一样，叫我的编号05060108。"

"05……难记，我就叫你小5吧。"

"随您高兴。"

"我有几个问题要问你。"我努力适应已经穿越的事实，咽了咽口水，问，"这是哪里？我家人呢？我老公在哪里？还有……你们这儿是不是已经有什么时光机或者时空穿越之类的东西了？然后不小心把我拽过来了……"

"我不明白您的意思。"

我眉头紧锁："那先回答前面的。"

"我们现在在上海青浦，这是Soultime科技公司旗下的疗养院，因为您没有子女……"

"等等，你说我没孩子？"

"这是您跟您先生的共同决定。"

"那我老公呢。"

"他来了。"

我听到房间外的走廊传来脚步声，翘首以待地看向房门的位置。时隔四十年，余生会变成一个怎样的老头子呢？希望他不要中年发福，头发也一定饱满，我只允许他有那么一点点的油腻，即便皱纹爬满了脸，也一定要是个老年cool guy。

伴随着如跑马灯般的幻想，一个穿着休闲的老头出现在门口。

"唐小北？"这张脸我永远也不会忘记，他是大学时暗恋我，同时也经常被我欺负的唐小北。即便他总冲在前线帮我抢食堂阿姨的鸡腿，但我一定会被他那没正形的吊儿郎当的样子劝退。怎么可以有人几十年没什么变化呢？那张脸盘子就像短视频上玩的老年特效，向右一划，毫无悬念地一模一样。

"钟意，我来了！"唐小北张开双臂。

"停停停，你别叫我啊！"我一激灵，伸出手掌示意他别动，转而问小5，"他是我老公？"

小5殷切地点点头。

"我老公是唐小北？！"我叫出了声，爱情的房塌了。

唐小北："我……"

"你不要讲话！"我从床上蹦下来，败退到落地窗边，手边没武器，眼疾手快地抬起桌上的一盏台灯，只见玻璃灯罩跟着飞了出去，碎了一地。我尴尬地缩在墙角，用光秃秃的台灯对着他们："阴谋，绝对是阴谋！"

唐小北上前："钟意，你别激动！"

"别过来，你怎么可能是我老公，余生呢！"

他看样子也吓坏了，支吾了半天说："我们……我们结婚后就在上海生活啊，我怎么知道余生去哪儿了。"

我龇牙咧嘴道："我疯了吧，谁要跟你结婚！"

"那这样说的话，准确一点是再婚。"唐小北补充。

我摔了台灯过去。

透过落地窗，楼下是一处圆形的喷泉，想起穿越之前，我和余生掉进了蓉城河里，难道碰到水才能回去？我推开唐小北，忙不迭地逃出门，到了走廊，目瞪口呆。这是一栋三角形的建筑，每条走廊至少上百米，中间是露天花园，抬头几乎望不穿层高。还好我在二楼，几步外的房间门口，停着一辆代步车，虽说七十岁的身体不够灵活，但年轻的灵魂还在，手游、ps4、switch不是白玩的，我三两下启动代步车，快速上了电梯，控制着摇杆，来到喷泉边。喷泉随着内置音响喷射着激情澎湃的水柱，古典交响乐节奏渐强，我深呼吸，纵身跳进喷泉当中。

被救上来之后，我连烧了三天。醒来已是午后，眼睛重得睁不开，我向来不喜欢午睡，醒来时总会有一种巨大的空旷感，临近黄昏，有一种被世界遗弃的感觉。唐小北不在，小5坐在我床尾的银白光圈里，看样子正在充电。窗户被一层薄雾罩着，桌上那盏被我摔坏灯罩的台灯，留着突兀的灯泡，画面非常孤独。我心里一酸，眼泪跟着涌上来。我也忘记哭了多久，哭累了，觉得嗓子干，坐起身，与小5四目相对。

"你有什么要说的吗？"我冷冷地看着他。

我看到他的瞳仁在闪："大哭的时候，每分钟会燃烧大约1.3卡路里，恭喜您刚刚20分钟消耗了260卡路里。"

我扶额，去桌上开了瓶饮用水，痛定思痛，既然穿越已成事实，那我至少要在这个时间里，找到余生。我让小5查了余生的资料，他说余生的户口归属地还是在蓉城，生命评分没有清零，说明还活着。

生命评分是这个时代的信用体系，简单来说，就是人与人之间每一次交互结束，都可以互相打分，满分是5分制，2~4分是一档，2分以下是一档，4分以上则是精英人类。每个人的生命评分都关乎日常生活的门槛，什么样的评分匹配什么样的资源，有钱也无法改变。大数据时代下，人们独一无二的面部就是生命评分识别的来源，通过手环就可以随时查询每个人当下的评分，并可以为他人实名打分。

小5的新世界科普听得我脑仁疼，我咬紧腮帮："别废话了，带我去蓉城！"

"我们仿生人是没有生命评分的，只能服务于出厂城市，如果离开出厂地，是违法的。"

"那你总知道怎么去吧？你们这儿现在应该有那种几分钟就可以从南到北，从东到西，唰唰唰的交通工具吧。"我在空中夸张地比画着。

"我不明白您的意思。"

"我穿越了！现在这个身体里住着的，是四十年前的我。我不管你明不明白，总之，我要去蓉城找我老公，现在立刻马上！你能，就赶紧给我想办法，不能，抬都要把我抬过去。否则，无论你是什么生人，今晚，就让你死一死。"我一口气喊道。

"马上出发。"小5露出标准微笑。

未来世界，原来不像科幻片中那般壮阔，没有上天入地的飞行器，只有提速的公共交通。城市不是游戏里酷炫的赛博朋克，鲜有阳光的时候，薄雾包裹之下的城市，被几个高耸入云的怪异建筑切割成区块，仍然是一片片没有感情的灰头土脸。

到了2060年，我大概也是个让人嫉妒的老太婆，以至于我的生命评分只有1分，无法乘坐飞机和高铁，只能租用无人驾驶的车，还是档次最差那种。小5帮我算过，按照以往的数据和我今天的各项指标，从疗养院到租赁站需要十分钟，上海到蓉城的路线已经规划好，需要二十个小时。如果夜里不停，在服务站只上两次洗手间，大概明天上午十二点前，就能到蓉城一环最中心的步行街。

在私车租赁站，我被小破车内的臭味熏了出来，见旁边的服务台有个身着制服的小哥，灵机一动，指着小5声泪俱下地说要去市外给孩子看病，想跟他讨一辆好点儿的车，还顺手了他一个好评。结果小哥给我打了个低分，点亮手环，没好气地对我说："逗小孩呢？我知道他是仿生人。"

随着手环发出的丧气声效，我的生命评分来到了0.9。按照规矩，那辆臭车也租不了了。

"你这人也太不尊老爱幼了吧？"我嚷嚷着，怒火中烧，对着身边的充电桩就是一脚，也不知道是我的小腿肚子太强壮，还是充电桩是棉花做的，总之就是给踹断了。

小哥见状从服务台出来，扬言要报警。

情急之时，一辆房车停在我们面前，车门打开，是唐小北。

我和小5狼狈地逃上了车，无人驾驶直接飙到时速四十公里，小哥被远远抛在身后。我扶着座椅惊魂未定，心脏突突直跳，呼吸急促，手环正巧对着邻座的唐小北，显示他的生命评分是2.5，也没有比我好到哪里去。

"2.5分就能租这么好的车啊。"我感叹道。

"不能，"唐小北叠着手抱在胸前说，"我借的。"

其实是他偷的。早在几个小时前，小5将我们在疗养院的对话录音传给了唐小北，知道我要去蓉城之后，他"顺手"开走了疗养院楼下的高档房车。这辆房车，是住在疗养院五十层套房的老爷子的。老爷子喜欢给院里的阿姨们唱小曲儿，一唱就忘我，顺带忘记锁车门。

唐小北的及时出现，顶多算仗义，值得一声谢谢，但不能让我认了这个荒唐的未来。他问了我穿越的事，既然已经上了贼船，索性也没什么好瞒他的，毕竟同未来人讲玄幻不是一件很难理解的事。我告诉他我与余生的婚礼，以及我是如何穿越到此时此刻的。若结果是事实，那我只想知道，现在的我，为什么会和余生分开。

唐小北摇摇头，没有任何答案。

算了，自己探索吧。

房车在路上行驶，我看着后视镜里自己的脸，虽然多了皱纹和显眼的斑，但素颜也算是个有气质的老太太。一旦接受这个设定，未来其实就是人生的剧透，脑子里蹦出好多奇妙的问题，聊胜于无，知道也无妨。路上，唐小北讲到这四十年的变化，远比我想象的还要复杂。无论是鳞次栉比的商业中心，还是低密度的住宅区，路上看到的行人都不多，因为大多数人无需出门，VR 交互成为人类最大的娱乐方式，通过互动游戏，人类就可以得到精神上的满足，代替很多需求。随着仿生人的出现和升级，很多职业都消失了，公务员、交易员、翻译、程序员……全部装进了历史博物馆。人口持续地负增长，就业率仅为15%，有85% 的人类无需就业，通过领取政府补助生活。

我若有所思地点点头，对于生孩子这件事，我一向还是乐观的，也喜欢孩子，我问唐小北："我为什么不要孩子啊？"

"因为现在有了人造子宫，女性没有生殖义务，社会地位超过了很多男性，养孩子和年纪、资本无关，但和时间有关，你是个事业心很重的人，索性就不要了。这是你的决定，我尊重你。但还好，我们后来买了仿生人，给他装了情感模块，至少现在能有人陪，他的出厂编号还是我们生日组成的呢。"

"行了，我不需要知道那么多细节。"我转而对身后的小5说，"小5，回头把2021年以后的双色球奖票号码给我一份。"

穿越者的修养，就是时刻等待着回去的那一天，暴富的机会，留给有准备的人。

我灵光一闪，问唐小北："海贼王完结了吗？"

"嗯。其实onepiece 就是……"

"算了算了，不要给我剧透！"我想了想，又问，"哪只股票涨得最狠啊？"

"白酒。"

"什么行业现在最吃香？"

"十五年前是互联网，现在是航空。"

"房价呢，蓉城变成一线城市了吗？"

"早就跌至谷底了，普通人类也没有买房的概念了，你看到的那些别墅都是4分以上的精英人类才考虑的事。"

我嘴角向下一撇，想起与余生辛苦这些年，好不容易首付了一套郊区的洋房，花光了积蓄，以为守着这栋不动产，就是稳赚不赔的投资。

想到余生，泪腺被波及，眼睛又红了。

小5突然叫了一声，房车驶出上海，他扒着窗户，兴奋道："抱歉，我太激动了。我终于离开上海了！我……终于可以像个人类了！"

"想当人啊？"我笑着对他说，"这才刚开始呢。"

眼看太阳就要落山，我们路过服务站，唐小北提议说吃晚餐，我归家心切，一分一秒都不能等，可又耐不住饿，转而去旁边的便利店备了点零食。对于我这种超市爱好者来说，人类的本质就是仓鼠，看到好看的包装、强迫症似的颜色分类、挂着水的新鲜水果就忍不住囤。更何况现在面对着四十年以后的便利店，我就像是个夺宝奇兵，在各个货架间穿梭叫唤。我看到添加了海藻、维生素E、B2，还有鲑鱼、柿子和枇杷叶提取物的防脱发炒面；妈妈牌便携鸡汤，泡水三分钟就能拥有妈妈煲的同款防感冒鸡汤；还有酸奶和冷酿咖啡做成的乳品，口感新鲜得像是刚从机器上滤出来的；还有植物性冷冻干燥冰激凌，这里也叫太空零食，以腰果和椰乳为基底，加工成了一口一个的小方块，最特别的是太阳口味。太阳的味道，竟然是酸的。

一个小时之后，我抱着大小包战利品回到房车上，几乎一周的口粮都准备好了。在购物袋深处，我掏出了终极宝藏——2060年的化妆品。粉底装在类似牙膏的管状物里，不需要美妆蛋，徒手就行，涂在脸上瞬间成膜。最令人惊叹的是口红，底部的旋钮可以更改色号，这是什么神仙发明。我对着后视镜快速化个了妆，给自己扎了个丸子头，心满意足地欣赏自己，如果知道未来会长成这样一个有气质的老太太，好像也就不那么怕老了。

唐小北已经在盯着我出神，我睨了他一眼，他笑着说："好像看到了你年轻的时候。"

"别对我有非分之想啊。"我漫不经心地轻嗔道。

此时房车减速，车内响起女声，提示前方有警察。

唐小北手忙脚乱地让小5躺去床上，而我就静静地当个美女。我大气不敢出，缩在凳子上，欣赏唐小北表演。

车门打开，年轻警察叉着腰，对着唐小北看了眼手环，询问道："老人家，这是你的车吗？"

"是啊。"唐小北无比镇定。

"我看您评分只有2.5啊。"

"怎么着，不允许我之前是精英啊。"

"不是这个意思。"警察边说边扫我的评分，露出一个惨不忍睹的表情。

"辛苦了，小伙子。"唐小北冷冷地准备关车门。

"等等，"警察伸手扣住自动车门，伸长脖子向后座看了看，问，"后面这位是？"

"这我孙子。"唐小北说。

"麻烦叫他起来。"

"那你得过去点，他起床气大。"

警察乖乖退了两步，唐小北火速关上车门，喊了声"上油门"，无人驾驶得令，房车甩开警察，径直奔上高速。

我肾上腺素直飙，也不敢回头看，只能握紧扶手，死死瞪着前方。

车内静了半晌，突然唐小北拍着额头大喊道："钟意，我真的是撞了邪要这么跟你胡闹！"

"是爱情啊。"我碎嘴道，见他额头沁着汗，我笑出了声，"单箭头的爱。"

唐小北没理我。

"不过你刚才真的很帅。"我补充道。

他明显坐直了身子，脸红了。

在有限的两性关系中，我得出一个结论，女人是一首诗，你不能跟一首诗讲道理，而男人是一本书，女人写的。

躲过警察，我们在高速路上飞驰，旁边开上来一辆像是蝙蝠侠所在的哥谭市中才会出现的黑色改装车，车身还闪着蓝色光带，刻意在我们旁边的车道上缓了缓，然后一轰油门超过了我们。唐小北应该还沉浸在我并不走心的夸奖中，他清了清嗓子，让房车加速。那改装车看出我们的意思，转向灯一打，变道超车，唐小北不服，猛加油门，几个来回，终于跟对面并驾齐驱。改装车摇下车窗，是几个年轻人，唐小北做作地仰起头，也摇下车窗，狂风吹得五官变形，脑仁疼，又悻悻地关上。对面的车上，一个长发女孩凑到车窗前，歪着头朝我们挥手，风扫乱发丝，五官被暗淡的天色镀上一层仙气特效，美好得像是广告片里的明星。我暗自感叹，这女的真绝，回过身，小5已经趴在窗户上看呆了，检测到自己程序异常，无法行动。

"是爱情啊。"小5缓缓道。

只见对方又一个加速，在两辆货车间走了个S弯，我们被那两辆货车挡在前，不敢太放肆，跟在后面开了一阵。绕过货车，唐小北想再追，车内语音提示电量低，我们无奈只能导航去就近的服务站，找充电桩。棘手的是，这辆房车需要特定的充电头，这里没有与之适配的，而最近的充电点需要往回走，身后有警察太危险，肯定不能原路返回。

我们束手无策地从充电站出来，竟然和改装车上的年轻人狭路相逢，那个仙女主动上来问好，一口一个"爷爷奶奶"叫得特热情。聊了几句，他们说准备自驾去重庆，我眼睛一转，说，小姑娘，介不介意让叔叔阿姨搭个顺风车啊。

"叔叔阿姨"刻意重音。

我将已经徜徉爱河的小5从房车上拽下来，上了他们的车。后座挤着四人，从左至右分别是唐小北、我、小5和那个叫初楚的仙女。

我上车就后悔了，前座坐着一个文身男和一个冷面女，气氛本就诡异，自己半个身子又和唐小北贴在一起，视线无法回避他脸红猥琐的样子。想看旁边洗洗眼，小5已经完全当机，变成无脊椎动物瘫在初楚肩上，逗得她花枝乱颤。

我只好保持理智，时刻警惕地盯着前座，不能让他们打开手环，暴露小5的身份。

改装车内放着电子摇滚，震得我耳膜疼，实在受不了，我在夹缝中拍了拍前座的文身男，小哥，有没有稍微轻——他斜眼盯着我——松一点的音乐。小哥在电子屏上一顿操作，选了许久，播放了一首更燥的死亡重金属。我努力撑出半个身子，强行找话题，才勉强让他们音乐声小点。

我继续问小哥："你们现在听的都是谁的歌啊？"

"易燃易炸。"小哥说。

我笑了两声："这什么名字啊，碰瓷易烊千玺吗？"

小哥冷冰冰地说："哦，这是他儿子。"

听完，我流下老母亲的眼泪。

一路喧嚣，本以为忍一忍就能到川渝境内，结果他们停在了半路的露营点，说晚上要在这里过夜。吃人嘴软拿人手短，我也没资格发表意见，只能陪他们在营地张罗，还好这里的露营设施非常专业，帐篷是搭好的，特殊材质恒温恒湿。到了夜里，小5和初楚不知去向，我和唐小北陪那对男女点起炉子烧烤。他们从后备箱取出一箱啤酒，看见啤酒，我的火花被点燃了。此刻的我，太需要酒精麻痹自己了。

刚接过一瓶，就被唐小北抢走，说什么也不让我喝："你真以为自己是二十多岁的年轻人啊。"

"巧了，"我抢过啤酒，拿腔拿调地说，"你知道中国人所有的矛盾用四个字就能解决吗？来都来了，还是孩子，都在酒里。喏，我们在，孩子们也等着，酒也到了，喝吧！"

说着，碰上小哥的瓶子，我仰头就是一大口，奶油的质感和烘麦芽的味道瞬间冲刺口腔，我吧唧着嘴，竟然尝出一点黑巧克力的香味。太好喝了！心里酥麻麻的，又连着喝了几大口。

我还是太轻敌，两瓶就喝多了，脑子糊成一团，拉着他们大聊特聊我爱喝的酒，还告诉他们我在昨天的单身派对上，喝长岛冰茶喝挂了整个包厢。听我讲单身派对，他们瞠目结舌，不可思议地看看我，又看看唐小北，伸出大拇指道："奶奶，你牛。"

我狂笑不止，奶奶还有更牛的，说着，我解开头发，跳起了女团舞，Yes, OK！副歌蹦三蹦的那首。

这是我在KTV的保留曲目，基本也是酒过三巡，场子差不多进入到该抱头痛哭的痛哭、该躺倒的躺倒、该玩手机的玩手机的阶段，我就会以一己之力，让整场聚会到达高潮。

两个年轻人看呆了，惊呼这是什么舞种。

"你们不知道女团舞吗？"原来在四十年后，已经没有选秀了，我边跳边为他们感到遗憾，毕竟这个世界上最稀缺的资源，就是美貌，多看美女和帅哥，可以长生不老。

气氛高涨，大家都喝多了。我跳得气喘吁吁，体力不支倒在草坪中间，唐小北按着心口欣赏完了我整场演出，划开智能手环，购买了烟火，几秒钟后，就在我们上方的夜空中，绽放出绚丽的电子玫瑰。

唐小北坐在我身边，问我："漂亮吧。"

我看着红光闪烁，摇摇头，慢条斯理地说："我们那会儿的烟火，原本是一种燃烧产生的化学反应，虽然没有这么美吧，但至少一切都是真实存在着的。"

"你怎么知道一切到底存不存在呢。天体物理学家说，我们生活的世界，不过是宇宙在亿万年前发出的光。从这个角度看，无论是烟火，还是现在的投影，并没有本质区别，只是他们的浪漫只有一瞬，而我们出现的时间更久，物理坐标更大。"

我看着忽然认真的唐小北，眼神渐渐虚焦，念出余生的朋友圈个性签名："你的肉体只是时光，不停流逝的时光。"

"博尔赫斯的诗集。"唐小北很惊讶。

"你也知道他？"我狐疑道。

唐小北愣了半晌，嗔怪道："不允许废物有文化啊。"

我反唇相讥："你别得罪废物了，做废物也要天赋的，你这种普通人只配好好活着。"

唐小北被呛得连连咳嗽，我笑不停，勉强帮他拍了拍后背。

聚会结束前，文身男伸着胳膊，在手环上查看我和唐小北的评分，见我分数低得可怜，义愤填膺地一定要给我打个高分，还指着旁边的那个话一直很少的女生说，她是4.5分的警察，给你们打分的话还有加成呢。

这话一出，我和唐小北立刻醒了酒，打量四周，祈祷小5最好不要这个时候出现。人生的玄妙之处，就是永远靠无数个既定的意外，验证着墨菲定律。小5和初楚从小树林里出来，大老远朝我们挥手。

好在女警的手环没电关了机，她承诺我们明天碰面就给我们打分。我和唐小北默契地推脱说不着急，说着拽走小5，向大家道晚安。这晚我们原本的安排是三人分睡三个帐篷，我还警告过唐小北，只要他敢进来，我就敢踹。结果最后推他进了我帐篷的人，是我本人，目的只有一个，另谋大计，不能暴露小5的身份。根据仿生人约束条例，如果仿生人违反跨城约定，会被返厂还原，格式化所有意识，甚至有可能被弃入仿生产品堆填垃圾厂。

毕竟阴差阳错带小5出来的人是我，虽然我不属于这里，但起码的责任也有，总不能给我们过去的人丢脸。我们决定半夜去偷那个女警的手环。

女警和文身男住在一个帐篷里。凌晨四点，我们窝在帐篷门口，唐小北小心翼翼地拉开一道缝，听到里面有动静，我俩各凑了半张脸往缝里看。借着朦胧的月光，两个年轻人正在翻云覆雨，声音很克制。我俩面面相觑，不忍心打扰。眼看他们的手环就放在脚边充电，我龇牙咧嘴地示意唐小北该出手时就出手，他太紧张，眼神示意让我去，我瞪着眼，火气上头，推了他一把，没想到他重心一斜，抱着我一起栽进了帐篷。

文身男抓过毯子，两人搂在一起，斜眼看着我们。

唐小北不疾不徐地爬起身，缓缓道："我们想要学习一下。"

我接茬："对，热情是会传染的。"

"你们……"文身男努力组织着措辞，"确定还可以？"

唐小北顿了顿，说："小伙子，听过一句名人名言吗，出走半生……床上仍是少年。"

我将唐小北拽出了帐篷。

少年们无功而返，我们回到自己的帐篷从长计议。唐小北发现自己手环上，生命评分飘红，状态更新为偷盗车辆的嫌疑人，看来警方已经和疗养院的老爷子联系上了。不能再搭他们的顺风车，我们只好叫上小5连夜逃走。从露营地出来的路上，小5忽然身子发颤，因为电量低瘫在地上，让我们始料未及的是，拿来无线充电器的，竟然是初楚。

作为这个时代的独立发明家，她在车上第一眼看见小5的时候，就知道他是仿生人了。装了情感模块的仿生人她见过很多，但小5这样与人类情感无异的，是第一个。她才不要回去当朋友的灯泡，此刻，她只想当小5一个人的发明家。

本来就是兴致索然的假期旅行，初楚也想换个目的地，于是决定跟我们一起去蓉城。

我们在高速上走了一段，路过的车要么坐不下，要么看到了我们的评分都不敢载。几十岁的身子终究扛不住深夜的徒步暴走，我摆摆手说走不动了。最后在就近的服务站，我们盯上了一辆停在路边的诡异大巴车。

大巴车被喷成了粉色，轮胎上缠着霓虹灯带，车顶闪着一个花体手写"best"的灯箱。车身上的电子屏滚动播放着广告，这辆大巴将开去蓉城，进行一场复古主题的巡游表演。

我看着广告片眼睛发亮。这时坐在驾驶座的司机醒了，被我们几个望眼欲穿的眼神吓住，不小心按了喇叭。尖厉的声音划破静谧，我才惊觉天边已经放亮，几乎熬了个大夜，身体像散了架，疲惫不堪。

"你……"司机指着我，问，"想来玩吗？"

原来昨晚他经过露营区的时候，有幸看过我的"表演"，现在盛情邀请我加入他们的巡游。

"我可以带上我的队友吗？"我指着身后的伙伴们，"我们是一个团。"

司机抬眼观察了一下我们，严肃的脸上露出一抹笑。

大巴的内部比外观更花哨，后座零星还躺着几个年轻人，我跟司机再三确认这辆车是去蓉城之后，终于安心地合上了眼。

梦境失真，我好像跌进一个漩涡，四周滚动的黑色巨浪，渐渐将我包裹，抬起头，能看见天上不远处露出的一道豁口。我拼命挣扎，越挣扎，巨浪越是汹涌，或许这就叫沉溺。我早已沉溺在四十年前的那条河底。

或许我已经死了。

有人将我从梦中叫醒，我用力想看清楚他的样子。多么希望睁眼的时候，看见的是余生，而我也完好无损地回到自己年轻的身体里，我们只是因为结婚太兴奋，经历了一场意外的插曲。

唐小北的老脸依然妥帖地映在我的视界里，距离我大概只有几十厘米，我叹了口气，一掌拍上他的脸，无情地将他推开。

"我以为你睡昏过去了！"唐小北按着脸，委屈道。

天光刺眼，我撑起眼帘，艰难地坐直身子，车内的电子时钟显示已经下午一点，我竟然睡了十多个小时。我问唐小北："我们到哪了？"

"蓉城呀。"唐小北说。

我瞬间清醒，趴在窗户边上看。远处的高楼挡住了视线，密集的天桥呈十字交叉状铺在空中，路两旁商铺稀少，几乎没有店牌，店面用磨砂玻璃挡着，十分低调，街道上依然鲜有人影，与我熟悉的蓉城截然不同。路过一个广场，四角耸立着四座空中花园，瀑布从花园顶层倾泻而下，在广场出口汇成水系，直达中央的一片广阔绿地，绿地的石台上伫立着毛主席招手的雕像，看到这里，我才确定，的确是蓉城。

眼泪不听话地漫过脸。

我吸吸鼻子，看向身后，那几个年轻人已经化好舞台妆，司机也变成了黄发赛亚人，正在调试贝斯，灵感估计全来自这四十年间的新番动画和大牌明星。他们所谓的复古，就是我的知识盲区。小

5和初楚坐在他们中间忘我地热聊着，有种格格不入的艺术感。

我来到他俩中间，问他们有什么办法能查到余生在不在这里。初楚从背包中掏出一个方形的装置，这是她研发的意识定位仪，所谓意识定位，就是将两根数据探头贴在太阳穴上，脑子里想着要找的人或物，越具体越好，如果他们存在，那定位仪就一定会给出具体方位。

我听完介绍，将信将疑道："在四十年前，这个叫封建迷信。"

初楚说："在这个时代，意识和磁场已经成为一门学术，早被广泛利用了。"说着，定位仪上亮起红点，提示在东南方向。

我努力辨认方向，手环显示大巴现在正朝南行驶，身后是刚刚路过的天府广场，那东南方向，就是我的左手斜上方。我推开挡住视线的唐小北，远处的高楼延绵不断，最终在大巴行进的间隙，看见远处的山脉正若有似无地笼在空中，我心中一惊，是我和余生在郊区的家。

他还在家里。

我转身与贝斯手司机说，我要下车。得到的回复是，表演马上开始了，让我们做好准备。说着，机关一开，大巴车中间三排以后的座位，伴随着机械声顺时针转入车底，几个音响设备和投影转上来，车内的装置适时亮起全息投影。原来所谓的巡游演出，不是在什么高级的场馆，而是就在这辆车上演。

司机将无线麦克风递给我，问："你们需要彩排吗？"

我愣了愣神，机械地摇着头，向唐小北抛了个求助的眼神，想办法下车。唐小北会意，捂着心口装疼，范儿还没起，司机就按下了刹车，打开控制台的麦克风，完全不顾我们，开始在街上广播，窗外的景致消失，车窗全部变成电子屏幕。

一分钟后，车门连同车头和车尾，像是剥了瓣的橘子，渐次伸展，大巴车直接变成四面舞台，我们一行人如同被扒去衣物装进动物园的珍稀物种，被台下围满的观众簇拥着。我不可置信地张着嘴，被人声鼎沸的现场激得头皮发麻，我惊呼："你们这是从哪儿冒出来的？！"

音乐开场，舞台喷出火焰，司机来到那群年轻人之中，一伙人就地开始表演。

我尴尬地挪着小碎步，拍着掌挪到唐小北他们身边，凑近问唐小北："怎么办？"

他想了想，意味深长地望了我一眼，认真地回："别问，问就是干。"

那几分钟，我脑中上演了无数电影桥段，甚至想到电影《香水》那众人顶礼朝拜的经典一幕，身上汗毛直立，背上满是汗。我笑骂自己没用，这反应跟濒死的人回光返照似的。不觉间听到司机念出我的名字，向大家介绍，还说我是最潮的奶奶。

再次被这辈分刺中，思绪瞬间被拉回现场。不要小瞧女人的潜力，我对自己说，钟意，四十年后的世界，也是老娘最美。我点开手环内的自拍相机，昨天化的妆竟然一点都没脱。我旋开口红，换上一个锈红色的色号，娴熟地抹上唇，顺了顺花白的长发，将衣服下摆扯了扯，拿起无线麦克风，风情万种地对着全场观众干唱《羞答答的玫瑰静悄悄地开》。

让你们见识一下什么叫真正的复古。

台下鸦雀无声，显然几乎没人听过这首歌了。我动情地演唱，词忘了就瞎掰，到副歌的时候，台下终于有位老太跟唱了起来，然后零星地又有几位老人合唱，与刚才热闹的氛围全然不同，台上台下俨然变成了老年合唱团。一曲唱毕，现场静了几秒，随后，掌声和欢呼虽迟但到。从未受过这等明星待遇，我歌意大发，唱着"我还是当初那个少年，没有一丝丝改变"，还是那几位可爱的老人跟我合唱。接下来又唱周杰伦林俊杰蔡依林S.H.E，终于有几个年轻人还算听过，贝斯手司机非常识趣地招呼表演的同伴，给我们现场伴奏，我在麦克风里大喊，怎么样，年轻的崽子们，这才叫经典！

最后一首是电影《美女与野兽》的主题曲 *Beauty and the Beast*，这是我和余生的经典英文对唱曲目，我们在婚礼上，也唱了这首歌。我常说，我和他的相处，我比较像野兽，横冲直撞的，他像玫瑰，被女巫施了咒，绑紧了我。我强行拉上唐小北加入合唱，初楚也玩开了，将蜷在角落里不敢露面的小5拉上台，在我们身边配合节奏跳起各种滑稽的舞步，现场被我们的团彻底点燃。

我看着台上大家热血又年轻的模样，一时竟还有点鼻酸。唱过的这些歌里，是我整个少女时代啊，终究也成为了现在的他们眼中，过去的一个时代。

表演结束，我们四人手牵手，给观众们鞠了个躬。起身时我天旋地转的，唐小北在我身边，明显感觉他牵我的手突然施了力，我以为他是想搀扶我，回头看，他嘴唇泛白，等不及我反应，倒在了舞台上。

贝斯手司机送我们去了医院，小5说唐小北有严重的心脑血管疾病，其实他也住在疗养院，就在我隔壁不远的房间，这次跟我来蓉城，也是偷跑出来的。医生诊断后，还好入院及时，没有生命危险，只是陷入昏迷，需要留院观察。

病床上的唐小北，脸上没有一丝血色，这一路，我总是嫌弃他，却忘记他才是那个真正的七十岁的老人，心里顿生愧疚。安顿好唐小北，病房外的警察已经等候我们多时。

我和小5、初楚二人被带去蓉城警局，关押在看守所里。我们被关在不同的房间，小5关在最里那间，因违反仿生人不得跨城的规定，要被遣返回厂等候审议。我和初楚不算远，还能大声说上两句话。看守所的每个房间门是用透明的电子挡板做的，自动上锁，房间内有一张床铺，还有简单的盥洗台和自动马桶。

没想到活了快三十年，第一次进看守所，是这样的场面。前所未有的疲惫感让我无法久站，我狼狈地蜷在床上，双手抱膝，很想哭，但眼泪太横，流不出来，天大的委屈在此刻都变得毫无意义。因为我一个人的一意孤行，连累了所有下赌注陪我疯这一场的人。就像是一场原本机会渺茫的比赛，当你努力过，发现真的还是赢不了，那种情绪复杂的挫败，比一开始就放弃比赛，更让人难过。

我真的不想玩了，我想回家，我想念余生，想念二十七岁的自己。

看守所中央的屏幕上，新闻正在播放蓉城新区的规划，我竟然看到了自己生活的地方，即便好几处街道都不一样，但我记得，在山脚下，绵延两公里的驿都大道上，那里有我的一个小家，我甚至看到了我和余生的那栋房子。报道上说，这条主干道上的老房即将拆迁。我惊呼着余生的名字，跳下床，拍着电子墙面大喊，我要出去，我老公还在那里！

远处的初楚也靠着墙，我们只能看见彼此半个身子，眼泪终于汹涌而至，我朝她喊："初楚，你看啊，这是我家！我要找的人，就在那里。"

有个警察走了过来，他显然没想要理会我，只是用他的手环将我的房间静音，外面再也听不到我的哭声。初楚也突然大哭起来，哭到趴在地上那种，再一抬脸，嘴角冒着血，我吓住了，立刻闭嘴收起了眼泪。

警察打开她的房间门，想扶她起来，她捂着胸口对警察大喊，你不要过来！警察当然过去了，反手将她按倒在地，下一秒，只见电光一闪，警察随即倒地。这件衣服是她发明的防狼发电衣，2046年华东区"劈波斩浪的发明家"一等奖，嘴角的血，不过是液体口红。

初楚用警察的手环扫开了我和小5的门，小两口劫后余生，见面就拥吻，我打断他们，咱们延迟满足，先逃命要紧。小5凭借着全数据服务系统，精确推算出警局内警察的步行和习惯数据，找到他们每个视线盲区的点位，顺利从警察局逃了出来，精确到用时几分几秒，我们可以出现在警局斜对面的出租站。

"您和余生叔的故事，小5都跟我说了。"初楚牵着我的手。

我拍拍她的手背："谢谢你啊，其实你也就比我小几岁，我们算同龄人呢，你知道我们那儿最近流行一句口号，叫girls help girls。"我指着自己。

初楚笑了笑，拉着我到路边等出租车。

我松开她，将她的手递到小5手中，说："你们别跟着我了，赶紧走吧。"

"不可以，怎么能留您一个人呢。"小5说。

"你好不容易出来了，跟着初楚，她一定有办法的。我不需要你了，你自由了！"我说。

小5看向初楚，初楚给了他一个肯定的眼神，他又犯难了："可是……"

"这你倒是跟人挺像的，磨叽。"我打断他，摆摆手道，"我记得你说过，想成为人类是吧，这一路，我都管你叫小5，但你知道吗，成为人的最后也是最初的一步，是有一个名字，因为名字，能被重要的人记得。我给你起一个名字吧，叫'明天'好了，你要愿意的话，跟我姓。"

明天哽咽着："……我有名字了。"

我抱了抱明天，没有回头，拦下路边的无人出租，驶向老家。

终于在拆迁前，我赶到了小区，钻进警戒线，我看见了自己的房子。五层的洋房，我家在三层202，每个月，我和余生要还七千块的房贷，这是提醒我们要共同努力的仪式感。还记得第一天走进这间房子的心情，我坚信，这就是接下来最好的生活了。转眼四十年后，洋房的外墙已经斑驳不堪，一楼院内的植物无人修剪，张牙舞爪地爬上了三层，我和余生卧室的窗户被遮得严严实实。

但我好像看见了他，或者说，听见他在叫我的名字。

电梯已经关闭，我扶着扶手，喘着粗气爬到三层，停在202的房门前，轻轻触碰密码门锁，数字键盘渐次亮起，竟然还有电。我下意识地输入密码，随着清脆的电子提示声，门锁弹开。我颤抖着手，紧张地拉开门，屋内阴冷的气味瞬间侵袭鼻腔，进了玄关，阳光正巧投射在身边的鞋柜上，这是我在网上淘了很久的柜子。站在光下，我看见无数飞扬的尘埃，翻卷起舞，缓慢下落，仿佛是一个漫长的升格镜头。

抬眼的瞬间，我哭了。

空气中像是有一个厚重而有力的手掌，狠狠地拍在我脸上，一阵火辣辣的疼。

我意识到刚刚输入的那串密码，05060108。

我的身子开始颤抖，05060108。

05060108……

"我是您的家用仿生人，编号05060108。"明天的声音在耳边响起。

"我们后来买了仿生人，给他装了情感模块，至少老了有人陪，他的出厂编号还是我们生日组成的呢……"唐小北说。

可能他接下来想说的那句话是："和我们家的密码一样。"

我按着绞痛的腹部，往医院跑，记忆如河水漫过，直到将我淹没，我想起来了，我什么都想起来了。

"那我老公呢？"

"他来了。"

"唐小北？"

"……"

他不是唐小北，他就是余生。余生站在我面前，我却认错了，我没有穿越，只是七十岁的我，忘记了他。

家里的墙上，没有别的装饰，只贴满了我和余生的照片，记录着我们每一段最好的时光：青春时过剩的胶原蛋白，哭到脱妆的求婚，一起拥吻房产证，报废的重机车，染发膏也遮不掉的白发……有一张年轻时的我站在镜头前，余生躲在不远处的拍立得照片，相纸已经有些褪色，上面以潇洒骄傲的字迹写着一行字：此生余年，陪你在回忆里流浪。

暮色四合，我终于赶到了医院，我无力地靠着前台，大口喘着气，根本压不住胸腔强烈的起伏，一说话，眼泪就飙出来。

医护人员过来扶我，我淌着泪，指着电梯的方向嘶声道："五楼，找、找……余生。"

到了余生的房间，他的床铺已经叠得整整齐齐，不见踪影，我不敢多想，在门口拦下一位护士，问他的下落，护士也不知道。

"我都想起来了，是我病了，我全忘了。余生，你在哪里？你不要丢下我。"我无助地趴在他睡过的床上念叨着，好熟悉的气味，我应该记得的，我怎么能忘了他呢。我抹着眼泪，感觉喉咙的下方，心脏的上方，塞进了一块冰，融化的过程，就是掉泪的过程，哭得多厉害，就代表那锥心的冷，有多疼。

"钟意……"听到他在叫我的名字。

我猛地回头，余生正站在门口，手里捏着一朵栀子花，方才他见花园的栀子花开了，去楼下摘了一朵。

即便逆着光，这一次，我也能看清他的脸，衰老的纹路从眼角蔓延到脸上，但藏不住他那股少年感，我向他缓缓走近，伸出手，颤抖地抚摸他的面庞，他也望向我，眼睛通红。

"你为什么不告诉我啊？"我流着泪问。

他轻轻拨去我额间的发丝，满是爱意地柔声道："知道你的生命评分为什么这么低吗？因为你已经找我很多很多次了，这一次，你成功了。你常说，人不怕死，但怕被遗忘，我们没有子女，亲人也早走了，我们是最后能为对方写下这一生故事的人啊。其实我挺知足的，你看，无论你把我认成谁，但你一直都没有忘记我呀。"

听他说完，我喉头哽了哽，强笑道："好久不见。"

他的眼睛瞬间又红了，回我："好久不见。"

简单四个字，我们彼此都明了，字字诛心，每一句"好久不见"，都是在对方看不到的日子里，对从前的密集想念。

我含着泪，逗他："我们的房子没了！这投资根本不靠谱！"

他牵起笑，说："你才是我稳赚不赔的投资啊。"

最好的爱情，是灵魂伴侣，你是夏天的风，我就是为你沙沙作响的树，你是提笔的那一抹蓝，我就是呈现笔触的一寸纸，你是香味，我就是嗅觉，你是玫瑰，我就是园地，你是狐狸，我就是藏匿你的深山。

我与余生的相识，仿佛是上个世纪的事，很多很多年以前，记得我们结婚那晚，我搂着他的腰，坐在他的重机车后座，他载着我，在这座城市中飞驰。那时的我们好年轻啊，撬动地球也要爱得惊天动地，体力充沛，记忆力旺盛。我很清楚，到我们七八十岁，垂垂老矣，时代变化再快，我们也是最时髦的臭老头老太，上天入地，为非作歹。那个时候，我们还要这样向全世界宣告，这是我们最好的爱情。

因为这是在忘记你之前，宇宙级别的浪漫。

亲爱的

陌生人

可以交换秘密吗?

亲爱的陌生人,我想用心底最深的秘密和你交换。我的秘密就在下一页的线索里,如果你不愿意参与,请把这个笔记本放回原处。

夏目漱石的一本和动物有关的书,书名第一个字,也是人称。

柏拉图的经典书,书名的第二个字。

《哈利·波特》小天狼星布莱克的结局。

不要查手机,否则就没意义了。如果你知道了答案,可以把你的秘密也分享给我吗?不要害怕,我只是太孤独了。

亲爱的孤独同学:

抱歉不知道你的名字,只能这么称呼了。

在书架上看到你留的笔记本,觉得这个蓝色封面很好看,让人很平静。你那三个字,我也填好了,我遵守游戏规则,没有查手机,但是必须要实话告诉你,我来这家书店,只是觉得这个城市的夜晚太吵,偶然路过,想找个安静的地方待着而已,所以我不是一个爱看书的人。我在书店里找了很久,夏目漱石的《我是猫》是在日本文学的货架上找到的,柏拉图的《理想国》在B5的货架上,最头疼的是《哈利·波特》,我没看过书,电影当时看第一部就睡着了。要在七本全集里,找到布莱克的结局,太难。问了这家书店的店员,她不怎么搭理我,最后还是一个小孩子,告诉我布莱克死了。

关于你的秘密,我不怕,因为我也想过。但是我只能说,想法是天真的,实施起来真的困难。如果你要跳楼,就要做好被一群人围着、无端猜测的准备，跳的楼层高，粉身碎骨，摔成肉泥，死状太惨烈。楼层低了，万一摔不死，缺胳膊少腿的，生不如死。如果要割腕，首先血管位置很难找，其次，就是血液会自动凝固，除非你够狠，狂割自己，否则，漫长的等待过后，人没死，还被救了，上了社会新闻，身上还留疤，不值当。如果你想跳河，你要知道呛水是最痛苦的，尸体会肿，死状可怖。你会游泳吗？如果会，人会本能地挣扎，说不定你跳下去之后，自己下意识就游回来了，多累啊。当然了，你还可以烧炭，但是现在买炭盆和煤炭很麻烦，质量还不好，烧半天人没死，最后昏迷成了植物人。也别相信安眠药，电视剧里演的都是假的，吃三百片很可能都没事，还伤肝，洗胃有多痛苦你知道吗？另外就是上吊死，舌头会吐得很长，可丑了，还得找地方绑绳子，这是技术活。撞车？算了吧，车主是无辜的。我唯一试过的，是煤气中毒。放心，只会感到恶心，就别浪费煤气费了。

你会和别人分享这个秘密，就说明其实你还不想死的对吧？至少没那么坚定。死很难，活着更难，世界欺负你了，你该还手，而不是逃避，况且人总会死的，不必劳自己费心。如果你想知道我的秘密，可以把本子放在青羊街口的吉他店里，希望你今夜不再红着眼睛。

亲爱的陌生人：

我让吉他店老板把本子转交给你，他说他是你的朋友。

你以为我不知道这家店对面就是警察局吗？请不要像个圣人一样帮我，不是什么人都值得帮的。我只是昨天突发奇想，在书店留

163

下这个本子，我并不是让别人劝我，而是想在离开这个世界之前，能有一个人聊聊天而已。或许你说得对，我其实不坚定，怕疼也好，怕丑也好，但现在有了一个让我没那么着急去死的理由，因为我还不知道你的秘密。请如实回答，既然参与了，就别妄想半途而废，写好之后去人民广场的过街天桥上，买下阿婆所有的白兰花，然后把本子给那个阿婆。

亲爱的孤独同学：

我的女朋友要结婚了。

对，谈了五年的女友，突然就要变成别人的新娘了。这是不是不算什么秘密啊，可能全世界的人都知道，除了我。我很纳闷儿，她怎么不早点说？

所以我们还可以继续聊天吗？还不知道你叫什么名字，如果你愿意告诉我，可以把本子藏在人民广场西口，那个下棋老人的雕塑下。

你没告诉我阿婆带了一家四口来卖花啊！两箱子的白兰花，我半个月工资没了，现在浑身上下都是白兰花的香味，快要背过气了，如果我上了新闻，报道一定是世界上第一个被香死的人，你也别想两腿一蹬走人了，得给我善后。

亲爱的陌生人：

你一定很爱她吧。书上说，失恋的时候，大脑的某一部分会做出强烈反应，由此引起的疼痛与骨折几乎相同。所以很疼吧，给你一个远程的拥抱。

白兰花的事很抱歉啊，我每天下班都会看见那个阿婆，她是我唯一的朋友。作为补偿，用这三百块钱，请你吃一顿串串香吧，玉林二店。另外，我也想知道你的名字，写好之后，可以把本子留在店里的第三排架子上，我观察过，老板在那个架子上堆满了报纸，应该不会被别人拿走。

小麦

亲爱的小麦：

很可爱的名字。那我们现在拥有了对方的秘密，应该算是朋友了吧。爱情这回事，本来就挺虚假的，现代人太着急了，从前车马邮件都慢，一生只够爱一个人，现在看一眼照片，就喜欢上了，一言不合，就讨厌了，我们什么都有了，却还不如从前。不说这个了，想知道我的名字？不能那么快告诉你，我们认识的时候，你留了线索，现在换我了，我也留点线索给你，我的名字，跟季节有关。

我是广东人，实在不怎么能吃辣，但我也努力吃了好多串香菜牛肉，这顿串串香只花了一百多，剩下的钱，请你喝杯奶茶吧，把本子给龙泉路口的奶茶店店员，他们会给你一杯我最喜欢的桂花黑丸，记得要全糖。偷偷告诉你，半糖都是心理作用，其实跟全糖没什么差别。

亲爱的陌生人：

季节有关？姓夏？还是字里有春，或者某某秋？我还是叫你陌生人吧。你认为在一个要寻死的人面前,奶茶的糖分控制还重要吗?当然要全糖,还要加珍珠,加椰果,加奶盖,不然没有灵魂。只是你没告诉我,这家新开的奶茶店,人满为患,我不好意思挤在人堆里,掏出本子换一杯奶茶,我害怕别人的注视,不想被他人的目光追随,所以我打算等到他们打烊,再偷偷把本子塞给那个店员,希望到时候桂花黑丸不要售罄。

你说你是外地人,那为什么会来蓉城呢?写好本子后,能麻烦你去一趟37创意园吗?就是那个旧仓库改造的厂房,里面有一只很胖的流浪猫,我叫它"群宝",你把本子放在它的猫饭盆边上就可以了。

另外,如果有一天我离开这个世界,可以帮我照顾它吗?

亲爱的小麦:

别着急离开呀,至少再跟我聊聊。群宝你就放心吧,它不需要被照顾,你知道吗?其实这个城市的生态平衡,有一部分就是被喂食流浪猫的人破坏的,有时候你喂饱了它们,它们就不会捕鼠了,老鼠不断繁殖,饱暖思淫欲,猫也不断繁殖。你知道照顾流浪猫最好的办法吗?不是喂它们,而是给它们做绝育。这些也是我女朋友告诉我的,她是动物专家。你问我为什么会来蓉城,其实也是因为她。

我是放弃了老家的工作,来这里找她的,我今年已经三十岁,所有的放弃都有代价,跟父母闹下不愉快,孤注一掷,来这里重新找工作,从零开始。但是刚来这边没几天,我就发现她不对劲了,过去我们异地,无话不谈,现在身体在一起了,却没话聊。失去分享的欲望，就是散场的开始。我以为求婚能让我们的爱情更坚固一些，但她拒绝了我，她说，她对这个世界的探索还不够。没过多久的某一天清晨，醒来后，她不在旁边，只留了一张便笺，我被通知，她已经订婚了。我到处找她，在电话里哭得特别伤心，我问她，那个男人是谁？你真的喜欢他吗？她说，喜不喜欢真的那么重要吗？

失去她以后，我连仅剩的未来也失去了。人在跌落低谷的时候，身上会散发一种"惨味"，那种味道是具象的。我连着发烧好几天，最后撑不住，一个人去医院打点滴，不过上个厕所的工夫，回来位子就被占了。我跟占了座的老头说，这个位子是我的，他却蛮横地指指座位，说，你问问它，它答应你不？这个城市对我来说，太陌生了，好不容易碰到个老友，互相留了电话，再打过去，提示是空号。不怪他，人都怕被麻烦。那个吉他店的老板，是我在地铁上认识的，聊了两句，还算投缘，他算是我在这个城市不多的朋友吧。下班之后，我经常去他那儿学会儿吉他，不至于太孤单。

你记得吗？在书店发现你的笔记本那天，蓉城刚下完一场暴雨，我在那场雨里淋了半个小时。其实那天，我已经买好了车票，准备离开蓉城了。结果无良司机绕路，让我错过了高铁，我一生气，非要下车，司机刻意停在一个水坑旁边，一脚踩进去，鞋子基本就废了。我拖着行李，倾盆大雨直下，满世界的绝望。那句话说错了，杀不死我的，没有让我变得更强，只让我遍体鳞伤。

雨停之后，我湿漉漉地走了几公里地，路上的人都当我是傻子，是怪物。周末时光，街道灯火通明，打扮漂亮的男男女女牵着手，交谈声，路上的喇叭声，小孩子的叫嚷声，所有的一切都太吵了。无意中看见了那家书店，我是抱着躲避这个世界的心态进去的，我已经很多年没有进过书店了，平时都刷手机，连一个十几秒的短视频都没耐心看完，更何况看一本书。我记得你的本子是放在《沉思录》旁边的。我在想，究竟是怎样一个人，会在这样快节奏的生活里玩一个文字寻宝游戏，你的秘密，就像一抹来自宇宙的求救信号，为了跟你交换笔记，我决定暂时先不离开了。

抱歉这次写得有点长，不说我了，如果你想聊，本子也可以留在群宝这儿，想听听你的故事。

亲爱的陌生人：

你的故事真让人心疼，谢谢你愿意信任我。三十岁也还好啦，我今年都二十五了，但我不敢与人交往，我不敢注视别人的眼神，害怕聚会，害怕听到敲门声，甚至害怕打电话，我连和外卖小哥通话都会不自在。如果在一个空间里，人多我会急躁，少于三个人，我又会无所适从，恨不得马上逃离。最害怕的，是找借口回家的时候，对方说，你住哪儿，顺路送你。哈哈，你能理解这种崩溃吗？

心理医生说我有抑郁症和重度社恐，我有认真治疗的，按时吃药，听他的建议，强迫自己出门，假装外向，但是一切都太煎熬了。到后来，我已经知道医生想听到什么，我会故意说一些让他觉得我已经渐渐变好的话，但我已经完全没有安全感了。

我妈在我五岁那年因乳腺癌去世，从此我的精神寄托就是我爸，可是有一天，一个年轻女人住进我们家，她逼我叫她妈妈，在我爸面前一个样子，在我面前原形毕露。我第一次来生理期，因为害怕，把脏了的内裤藏在柜子里，结果被她翻出来了，她跑到我爸面前说我不卫生，说我脏。她把我们家所有的钱都握在手里，我知道她的心思，她一直想跟我爸生个自己的孩子，让我彻底变成局外人。我大一开学，她送的礼物是出前一丁，还叮嘱我路上小心点，别压碎了。我大学的零花钱，都是我为数不多回家的时候，我爸从门缝里偷偷塞给我的。后来，她两个月没来月经，坚持认为自己怀孕了，家里堆满了小孩子的衣服和鞋，婴儿床都买好了。结果被查出是卵巢早衰，三十八岁就绝经，再也生不出小孩了，于是对我更加百般刁难，用冷暴力一点一点慢慢摧毁我。在那个所谓的家里，我变成一个凡事都小心谨慎的透明人，变成一个自卑又缺爱的人。

那个女人让我知道，我只有一个妈妈。妈妈已经死了。

这些年，我爸即便知道那女人是怎么对我的，却总想息事宁人，"她毕竟是我老婆"这句话我已经听厌了，但是我从来没有听到期待的那句"她毕竟是我女儿"。他们整日黏在一起，我爸去哪儿都带着她，或许他太寂寞了，只是需要人陪而已。可我太难受了，我感觉自己是个无家可归的人，没有归宿，却又失去了和外面世界交手的勇气，我夹在一个未知的不毛之地进退两难，我快窒息了。

我在网上查过自杀的办法，可是无论哪个渠道，都会跳出来一个提示，告诉我这个世界虽然不完美，但总有人守护我，然后冷冰冰地打上一串心理危机咨询热线电话，可是医生只会告诉我，要快乐。所有人都让我快乐,可是你没觉得,总让人快乐,是一种冒犯吗?小时候喝一口汽水就会快乐,长大了喝很多很多酒才能稍微不难过。

我也一写就写了这么多,不好意思,这些话我从不敢对别人提起,竟然全数和陌生人说了。

亲爱的小麦:

我很幸运,能够听你说这么多你的故事,这个本子真好,不用见面,就可以没有包袱地说很多事情。我很同情你的遭遇,我没有你这样的原生家庭,很难安慰你,或许当你把自己的精神图腾击碎的那天,你就无敌了。你不是想知道我的名字吗?看到笔记本里夹的这张电子工牌了吧,明天早上八点,去北郊的主题游乐园,必须要进去,因为得帮我打卡,在机器上,可以看到我的名字。

记得把笔记本给那只参加巡游的棕熊。

亲爱的陌生人:

对不起,消失了这么多天,吉他店老板说你找了我很久,让他把本子给你,其实是想谢谢你。这些天真的发生了太多事。

那天我按你说的,在游乐园开园之前准时去了,一直都听说这家游乐园很好玩,没想到你在这里上班。生病以后,别说游乐园了,人多的商场我都不想去。我用工牌开了大门,遗憾的是,屏幕坏了,还是没能知道你的名字。

除了那些正在运行的游乐设施,和在做准备工作的工作人员,

170

这么安静的游乐园，似乎是梦里的画面，我来到了一个只属于我的地方。你那张工牌真的很好用，每个项目的两次试机运行我都玩了，旋转木马真的很梦幻，碰碰杯把我转晕了。还有双向过山车，太刺激了，第二次反向运行的时候，我看见了你贴在墙上的话，让我松开手试一试。我试着照做了，好像没那么害怕，张开双臂，那一瞬间，我摸到了风，是具象的风，有一股很温柔的力量，感觉到它一直在身边，便安定了许多。

我第一次坐摩天轮，远方的城市蒙在雾气里，像是刚刚伸了懒腰，从一场大梦中苏醒，天际的山被太阳涂上一层金色，那种美，是流动的。我好像理解了梭罗在《瓦尔登湖》里写的，每一个早晨，都是一个愉快的邀请，使得我的生活如大自然般简单。

我突然有个冲动，站在摩天轮的舱门前朝远方大喊，我一点也不害怕，尽管我知道，再往前一步，可能我的生命就结束在此刻了。地上的工作人员很快发现了我的舱门没关，这真的不能怪我，上来的时候，我以为门是自动的，随着客舱升高，我竟全然忘了这件事。

工作人员查出我盗用你的工牌，于是报了警。我被警察带走的时候，来不及把本子给那个扮演棕熊的工作人员，也是上了警车，才后知后觉，好像要跟你失去联系了。但回味起你安排的游乐园之旅，真的很开心，警察做笔录的时候，我一直在笑。

直到我爸和那个女人来了，他当着警察的面，说我生下来就是给他丢脸的，那是我爸第一次对我说这么重的话。我掉了泪，重新回到黑暗里，我突然丧失了下床的能力，是真的无法下床，身子像被一双无形而有力的手钳住，感觉在太空，耳边声音含混，四肢那么轻盈，转瞬又像被压在高山下，一切又是那么负累。我在房间待了整整三天，直到昨晚，我爸喝多了，敲我的房门。他竟然在我面前哭了，说了很多句对不起，但是真正触动我的，是他真的以为我去游乐场，是去轻生的，他觉得我想用死来惩罚他们。也是那一刻，我才看清楚，他好像从来没有了解过我，就像你说的，一直以来的那个精神图腾，瞬间就裂开了。他就是一个普普通通的失去妻子的男人，然后因为不再年轻，不得已在一个他也不知道是否爱他的女人身上找存在感。我原谅了他，甚至原谅了那个女人。我为什么不自私一点？为什么要活在他们的偏见之下？我只想要一份属于我的潇洒，那是我应得的自由。

　　我突然不想死了，我来找你，是想谢谢你，因为你是唯一一个把我从泥沼中拉出来的人，但我也知道，其实你自己也身陷泥沼，带着本子去国金中心三楼的奇葩馆吧，我为你准备了礼物。

亲爱的小麦：

　　很高兴重新与你取得联系，我那天知道游乐场发生的事后，害怕极了，丢了这个本子，我就感觉失去你了，失去倾诉的对象，讲故事的人。还好看完你写的笔记，踏实许多，很多事好像往更好的方向去了。

　　我去了奇葩馆，原来里面是一个发泄屋啊！你太厉害了，我不知道蓉城还藏着这么好玩的地方。在一个满是锅碗瓢盆的房间里，穿着防护衣，所有东西随便摔，用棒球棍随便砸，伴随着破碎的声音，人轻松许多。还有一个对着屏幕大喊的游戏，店员说我的分贝数值破了他们开业以来的纪录，临走的时候，他们送了我一块幸运饼，掰开，里面藏着一张字条：所有的结局只是新的开始，只是当时的你不知道。

这块饼干应该不是你安排的吧：）

发泄屋回来之后，我就从游乐园辞职了。你看到的，只是游乐园梦幻的部分，看不到的，是背后的现实。刚来蓉城，我把简历投给了这家公司的销售部，不知道为何，最后被分去了乐园的娱乐演出部，为了不让女朋友觉得我吃软饭，我硬着头皮去了。作为演出助理，工作就是带着乐园里的棕熊人偶跟游客见面，随时保持微笑。每天上班我都能看到随地的垃圾袋、泡面盒，还有游客带着小孩随地大小便，而厕所就在旁边不到百米的地方。那个棕熊的头套特别重，里面的钢筋是固定在演员身上的，有好几次，游客跑过来敲棕熊的头，我不能动气，只能好言相劝。他们说我态度不好，只是他们大概不知道，棕熊头套里的演员已经疼得受不了了。我的领导是香港人，但凡碰到投诉，不管对错，他只会怪我们没做到位。那些投诉我不爱笑的也就算了，最可笑的是有次带棕熊巡游，有位带着孩子的家长非说里面有人，我对孩子说，是真的棕熊伙伴哦，家长立刻翻脸，说这样她怎么教育小孩。她投诉到我领导那里，领导说我沟通的方式不对，扣了我的绩效。我们乐园的标语是祝你接下来的每一天都像今天。可别人今天是快乐了，那被无理取闹伤害的我们呢？这只是一句长久的诅咒。

我想明白了，被这个世界欺负之后，还手或许不是最好的办法，如果改变不了别人，就绕道走，反正世界之大，总有我们栖身之地，所有苦难最后都会过去的。

小麦，你不用谢我，因为你，我也找到了返场重生的勇气。写这些字的时候，我正在听鲸鱼马戏团的一首配乐，叫《全世界失明》。闭上眼，世界就消失了，但你的模样渐渐浮现，瘦削的脸，齐肩的长发，眼睛一定很好看，你窝在床边，把喜欢的书翻来覆去地看，忘记关窗户，所以有风透了进来。多美好啊。小麦，你就永远做你自己吧，奇怪一点也没关系，和别人不一样也没关系，我永远都站在你这边。

亲爱的陌生人：

看完你写的话，我睡了好长的一觉，已经很多年没有睡得这么沉了，去医院复查，医生说我的状态好了很多。对了，昨天拿本子的时候，群宝不见了，或许就像你说的，它应该正在城市里的某个角落，消灭一只不走运的老鼠吧。同时消灭的，还有我家里的那个女人。

昨晚她的生日，我爸安排了一家高档的西班牙餐厅，我当然不情愿去，但我爸给我买了条很漂亮的裙子，穿着好看的衣服吃大餐，为什么不去呢？我还要化妆，背最贵的包，跑着去，一刻也不能等。那个女人整晚都闷闷不乐的，可能觉得我抢了她的风头吧。我菌菇过敏，她不知道，看我把蘑菇挑出来，说我没教养。潜台词也不知道是怪我爸，还是缺席的我妈。

你知道我当晚回敬了她什么吗？我撂下刀叉，说，你这么会挑刺，要不要多给你上条鱼啊，不要总逮着我吃，这些年，吃出什么了，刺得你疼，我也疼。请你记住，这个世界那么大，我们能碰上，不是我俩有缘，我并不欠你，我也是受害者啊。你当然不会喜欢我，我又不是人民币，骨子里流的血又跟你没关系，所以也别指望我会喜欢你了。接下来的日子，只要你安安静静折腾我爸就好了，说到底，你也就比我大个十来岁，尊重你一点，最多称你一声姐，千万别过分了。难听话我不是不会说，只是以前懒得说，今后不会了，我没别的爱好，就是看的书多，你要想听，早安晚安午安，随时奉陪。没事别打什么除皱针了，脸上没用，该往脑子里打打。最后，这裙子是我爸给我买的，我的零花钱也是他给的，你不服，就去咬他好了。

酷不酷，原话哦，最多有一点点加工吧。昨晚到家第一件事，就是在手机上找了房子，我搬出来了，租了个一居室，离我工作的地方不远，工资付掉了大半，但没关系，我本来就是一个物欲很低的人。二十五年来，第一次拥有自己的天地，说起有点讽刺，但我觉得，自由不赶时间，无论早晚，都是享受。

我听着你推荐的那首《全世界失眠》，写下这些文字。怎么说呢，你想象中的我，应该比实际的我好看吧。我没那么瘦，头发长过肩膀，大概到背上，眼睛一般，戴隐形眼镜更好看一点。你呢，应该个子很高，短发，肩膀很宽，说话声一定很温柔。不要问我怎么知道，看你写的字，能感觉得到。

我们见面吧，我是说，在这个本子之外的，正式的见面。如果你愿意，明天下午两点，在锦华路街口的那家咖啡店，带上这个本子，它是我们相认的暗号。

亲爱的小麦：

对不起，我没来见你。本子我留在了咖啡店，希望他们有转交到你手上。

我女朋友来找我了。她婚没结成，说是对方原来有家庭，那男的没搞定他老婆，死活都不肯离婚。她说她后悔了，让我原谅她的幼稚，她只是对自己的年纪有了恐慌，等不及我这匹黑马一步一步给她跑出一个完整的草原，所以才走了捷径。她哭着求我，希望我们能重归于好，当作一切都没发生。从乐园辞职以后，我打算休息一阵子再找工作，她住回我们的出租房里，为了给我做漂亮的早餐，每天早起，下班也不去聚会了，而是去吉他店找我，陪我学吉他。

她像是变了一个人，好像我们真的回到了从前，可我不知道自己还爱不爱她，我只是觉得，我不该来见你，我也不想骗你。我们还能继续交换笔记吗？当然，决定权在你，如果你还愿意跟我说话，把本子交给吉他店老板吧。

亲爱的陌生人：

看到我撕了这么多页纸，不要见怪。这一个月以来，我提笔写了很多次，都觉得不恰当。

希望你开心是真的，但祝你幸福是假的。只要想象你们在一起生活的样子，我就会掉眼泪，整夜失眠。我把我们这一个多月以来的笔记翻来覆去地看，我甚至怀疑，你是真实存在的吗？还是只是我幻想出来的第二重人格？我以为我的抑郁加重了，可到了医院，医生说我不是病了，是太想念一个人。我很痛苦，究竟是我走不出自己的情绪，还是你已经变成了我新的精神图腾。

我去了蓉城本地的一个心理互助会，才知道原来有那么多人，因为各种问题，独自对抗着世界。我们戴着面具，互相袒露心声，其中有一个男孩，他说他很迷茫，失去了爱人的能力，说到一半，有一个女生冲进来，打断了他，要带他回家。两个人别扭了好一阵，女生取掉他的面具，吻上他的唇，然后他们就在我们这么多人面前，持续吻了很久。吻到我再次看清男孩那张熟悉又陌生的脸。

一个多月前，这个男孩问我，《哈利·波特》里小天狼星的结局，我看见他手里拿着我的那个蓝色笔记本，但是我太害怕了，不敢看他，只能保持沉默，假装整理书架，想要逃离这个尴尬的场合。我听到他在身后抱怨，说我服务态度不好。

我是挺不好的，对不起，我骗了你，你来书店那天我就见过你了。或许我从头到尾都把你当成一颗药吧，谢谢你治好了我。那个女生叫你季节，我也才反应过来，你说过，你的名字跟季节有关。我怎么没想到，季节，就是你的名字呢？

这应该是我们最后一次对话了，无论四季变换，希望你真的抵达了你想要去的未来。

小夏，我知道这是书店，不能大声说话，那我用写的总可以了吧。所以，我是被耍了吗？当时我像个白痴一样在书架上找所谓的线索，而你，好端端地就站在不远处看着，我还担心你会自责，我真是太闲了！

说到底，你觉得这是件很白痴的事情？

是。傻透了。会跟你分享秘密，很傻。听你讲故事，很傻。想办法让你开心，很傻。现在这样明明见面了，却还要互相传着本子，更是傻得无以复加。

不好意思，浪费你的时间了。我本来也就玩玩的，借着职务之便，看哪个傻瓜会跟我一样无聊。

玩玩的？

是的，别来找我了。你女朋友会多想的。

你真是这样想的？

不然呢？你们抱在一起亲了这么久。

本子留给你吧。

我不要！

行，放我这，你还有什么话要说的？

我会努力幸福的！！

我也会，我明天就结婚。

早生贵子，再也不见！！！

亲爱的小麦：

距离上次在书店见面，已经过去两个月了，抱歉以这样的方式跟你告别。

你别误会，我没有死。你看到这些字的时候，我已经离开蓉城了。

有些话本来想当面告诉你的，去书店找你，店员说你离职了，这个笔记本失去了对象，最后的话无处投递，便没有意义了。只是这次失联，我深刻知道，可能要彻底失去你了。

你知道我为什么会去那个心理互助会吗？因为我看不清自己了，我以为我还爱着我前女友，说来好笑，你没发现我在前面的对话里，写的都是"女朋友"吗，我根本不敢写那个"前"字。她回来以后，我拼命说服自己，跟素未谋面的你，只是因为一个笔记本而产生了情感连接，并不是爱情。我和她已经在一起五年了，未来的样子都画出了轮廓，分开是有沉没成本的，我愿意再给她一次机会。可是，后面的相处证明是我多虑了，让我失望过的人，怎么会只让我失望一次。她再次骗了我的感情，可能她身为动物专家，研究的对象也包括研究我吧，知道我擅长心软，也足够笨。有时候我挺羡慕她的，见异思迁的速度，永远都快过我的一番情意，说到底，这世上最后赢的，多半是薄情的人。

我不会爱了，不敢爱了，生怕多走一步会伤了你，退了一步又伤了自己。那天你在互助会看到她，是她又想挽回我，跟她亲吻完，我反而轻松了，因为我竟然不再有感觉，甚至觉得恶心，以及确定了，心里的答案。

因为某个人而在这个城市玩寻宝游戏，因为某个人而格外小心每一次落笔，因为某个人期待每个明天，这些都成为我爱上这个城市的理由，但也是我终于离开这个城市的理由。我想亲吻的人，是你。不管这过程有多么不真实，但就是你。你不用选择拒绝或者接受，继续做你自己就好。

我不知道你能否看到这段文字，所以我又买了四个一模一样的本子，抄写了四遍，加上你的这本，我会把它们放在天桥上卖白兰花的阿婆那里、下棋老人的雕塑下、串串香的货架上、吉他店的柜台，甚至还有群宝的猫食盆边。在这些我们去过的地方，不知道能否再与你产生关联。

如果我们不再见，那我就把想你的雨天送你，把有我们回忆的地点送你，把弄丢的幸运送你，把不经大脑的暧昧空气送你，把过去送你，把未来还给我自己。

写出来就舒服多了，当过你的药，治好了你，我的使命也就完成了。

亲爱的陌生人：

好久不见。

我在吉他店拿到这个本子，就决定写下下面这些话，希望你能看见。

我一开始把本子放在书架上，其实无论有没有人翻开它，我都决定晚上离开这个世界了，就从书店后面的写字楼上跳，不用准备太多道具，我也不恐高，往下一跃就好了。你湿漉漉地从外面进来的时候，我就注意到你了，你拿到本子，坐在台阶上，认真地回复，有好几次可能是忘了字怎么写，来回查手机的样子，像是个焦头烂额的考生，好可爱啊。直到书店打烊，关了灯，你被我同事催着离开，还假借说忘了本书，飞快跑到书架边，把写好的笔记本放回书架上，我在一旁偷偷笑出了声。

因为你，我决定不死了，至少那晚。

我其实鼓足了勇气，才提出见面的。因为我很怕你会失望，觉得现实中的我，与本子里的我有出入，毕竟本子里，我又想自杀，还能讲故事，还可以骂后妈，如果和你见面，我可能一个字都说不出来。即便在你认识我之前，我就已经认识你了。

写这些字，不是想解释，只是想让你知道，我眼睛里有光的原因，是因为里面住着一个你。有个计算发光强度单位的词，叫"坎德拉"，它是candela的音译，世界上的发光体都可以计算光强，日月星辰、日光灯，还有彩电，都可以算，你也可以。

你比你想象的，更耀眼，更明媚。你是我的药，但只说了半句，你治好了我，但副作用很大，离不开了，所以我永远需要你，也永远被你需要。"永远"不是承诺时间的长度，而是形容词，形容我此刻喜欢你的程度，已经足够说出"永远"二字了。

没有你的城市，少了点意思，不论你什么时候回来，我会一直等你。

亲爱的小麦：

可以交换秘密吗？

真替你开心，看到了这个笔记本，这次我把它放在另一本书旁边，叫《你是宇宙安排的邂逅》。

我想用心底最深的秘密跟你交换，我的秘密就在下一页的线索里，如果你不愿意参与——你必须参与！！！

夏目漱石的一本跟群宝有关的书，书名第一个字，也是人称。

王小波的书信集，书名里出现了两次的字。

看这个本子的人。

送分题，不许查手机，如果你愿意，来吉他店找我，我想唱首歌给你听，毕竟，学了这么久，还没给重要的人弹过。

亲爱的季节：

怎么也没想到，你会变成我的先生。你现在在我身边睡着了，呼吸匀称，这样安静的夜，总让人思绪泛滥。我们很久没有再写笔记了，再翻开这个本子，感受良多，过往的那些金玉良言都成为我们永恒的纪念。原来这个世界上最催泪的情书，是聊天记录。

上一次你留的笔记，让我换一个秘密，一直忘记告诉你：我不懂爱情，因为我之前没有爱过别人，你是第一个，我怕我做得不好，让你觉得爱情，不过如此。

我的男孩子，你可以不用顶天立地，可以撒娇，任性耍小脾气，哭了也没关系，我抱抱你呀。

今日向你

飞行

巴黎飞往蓉城的班机上，正在播放起飞前的旅客安全须知。

栾青喝了口柠檬水，点开刚刚关掉的微博界面。照片上，一个留着深栗色长发的年轻女孩，妆容美艳，双腿白皙修长，身姿优雅地坐在餐桌前，捧着咖啡杯的样子近乎虔诚，像捧着看客的全世界。尽管穿着宽松的T恤，但刻意的侧身也让傲人的身材显露无遗，让人平添遐想。刷新界面，又多了三百条评论，点赞数破五万。而这些数字，对于这个坐拥千万粉丝的超级网红来说，不过只是日常。

"别看了，抽空把合作拍了。"邻座的短发女生递给栾青一个精致的品牌礼盒。

礼盒内装着贵妇护肤品三件套，最近网上风很大的品牌高端线。结束这个品牌位于巴黎总部的贵宾游览，作为置换，她要产出一条露出产品的软广分享。

栾青打开手机前置摄像头，露出一张寡淡的脸。怎么形容这张脸呢，就是时丑时不丑，洗完脸闭月羞花，戴上眼镜看着又揪心。或许是造物主的匠人精神都用在了别人身上，对她的关心太少，用仅剩的小眼睛小鼻子小嘴，胡乱堆砌。不巧为数不多的脂肪又长在了脸颊上，就显得整张脸更大了。

栾青视若无睹，抱着产品，靠在窗户边，熟练地摆着各种姿势，一阵快门。她手上的海蓝宝石钻戒是她送给自己的生日礼物，三月的生辰石，预示未来的日子只会闪闪发光。

又有祝福短信滚进手机。栾青的生日比较特殊，3·15，每年的这一天，全国各地的奸商都会帮她庆祝生日。除此之外，还有一些神通广大的粉丝往她账户上打钱，一块钱一块钱地打，就为引起注意。更有甚者，每年准点发短信，没别的话，就四个字，祝你快乐。虽说是祝福，量多了，总也有点不合时宜的变态感。

飞机开始滑行，伴着一阵短暂的超重感，飞机驶离跑道。

在刚才按下的几十张自拍里，栾青最终选了八张。导入美颜软件，开始修照片，瘦脸工具推肉脸，一键磨皮，去掉泪沟，消灭颈纹，下调发际线，眼睛放大，五官自动立体，缩头，拉长肩膀，头发选择栗色，妆容选蜜糖，再加一个美瞳，最后将胸部挺出来。技术娴熟得犹如一场专业的临床手术，一步一步将自己修成了那个千万网红的样子。

修图是有瘾的。栾青享受把自己修成另一个完美的样子，因为外界的欢欣而分泌大量多巴胺，这与以往谈恋爱或者吃甜食都不同，耐受这种多巴胺之后，更难以抛弃。

去年此时，栾青还是在写字楼里深夜加班的一员，她吃完从便利店买回来的加热盒饭，发了一张大刀阔斧的修片照到网上，第二天竟然成了热点，从此一发不可收拾，用美照俘获众多网友。品牌的合作邀约不断，她果断开掉了老板，与闺蜜玄子一起经营自己的社交平台。

玄子是她的化妆师兼经纪人，以前是做特化师的，在短视频和直播的风头下，她用假鼻子、瘦脸贴、硅胶做的垫肩和胸，外加十级美颜，让栾青不仅活在平面里，动态也一点没让粉丝失望。

真实的栾青，就这样寄居在千万网红的保护壳中，没人认识，却可以享受名利带来的所有欢愉。她不介意别人喜欢的是不是真实的她，网络本来就是一场幻觉，说喜欢你的人很多，最后留下的没几个，各自快乐就好。

巴黎的行程结束，他们赶往蓉城看秀。难得碰上栾青生日，玄子很贴心，与主办方几回合拉锯下来，才把秀场后台VLOG变成平面拍摄，让她可以放松在蓉城玩几天。

飞机平飞，空姐为头等舱的客人送晚餐。修完所有照片，栾青也饿了，正想把照片airdrop（苹果手机特有的隔空传输功能）给玄子确认，空姐端来餐食，牛肉饭香味诱人，她伸手接下，迫不及待用筷子扒了两口。再回看手机时，傻眼了，她不小心误触了屏幕，将照片传给了一个叫"王可"的人。更要命的，对方还接收了。

伴随着后背突起的凉意，栾青后怕地打开相册。那些修好的照片里，果然夹着一张忘记删掉的原片！

那张素颜的肉脸直截了当地占据了她全部视线，她感觉身体正在无限下坠，仿佛所有闪光的未来，在一个孤零零的飞机舱里，变为一个漫漫长夜。栾青全身僵直，拿着筷子的手悬停在空中，直到玄子拍了拍她，她回过神，再打开airdrop，那个叫王可的头像已经搜不到了。

玄子知道后也崩溃了。她着急的时候容易结巴，磕磕巴巴地算计着大概还有十个小时才到蓉城机场。对方既然及时关掉了airdrop，就意味着刻意收藏了这枚炸弹，无论动用什么方法，她们必须在这十小时里找到王可，让他或者她删掉那张原片。否则随着飞机轮子着地的那刻，信号滚进乘客的手机，她们这一年以来经营的象牙塔，随时会坍塌，甚至破碎成匕首。

玄子脑子一热，突然大喊了声"王可"，两人猫着腰，趴在座位上，互相掐着对方的胳膊，余光飞快扫射头等舱的乘客。除了一个倒头大睡的印度大叔，其他人都朝她们看了一眼，没有要回应的意思。

金发碧眼的空姐前来问询，玄子一边比画着，一边用半吊子的英语说："我……我渴了。"空姐笑意盈盈地送来温水。玄子也懂事，捉襟见肘地接连蹦出"beautiful""amazing"之类的英文单词，逗得空姐红了耳根。乘胜追击，玄子在翻译软件上输入：能不能把这个飞机上的乘客名单给我。招招手，示意空姐将耳朵凑近。机翻的 siri 女声一字一顿吐出英文单词，玄子的手机音量巨大，头等舱的乘客又向他们行来注目礼。空姐立刻直起身，警觉地打量了她们，说道："Sorry, this is confidential information by individuals and organisations which is strictly prohibited."

玄子一脸蒙。空姐笑了笑，说："No."

栾青头皮发麻，用头发盖住脸，假装看向窗外。

越挫越勇的玄子，起身勇闯敌营，假借上厕所的由头，打量了头等舱的乘客，又步伐缓慢地经过走道，掀开前舱的布帘，进入经济舱。偌大的机舱内，各色人种戴着耳机盯着面前的一小块屏幕，蓝光打在脸上，像极了等待投喂的生化人。一个身材发福的欧洲乘客，催促着正在过道推餐车的空姐。隔着座位打闹的两个熊孩子，推倒了正在看书的少年手边的可乐。几个连座的大姐们还在意犹未尽地热聊巴黎的见闻,声音甚至盖过了前面那个手机公放电影的中年男。右边舱尾的三排座位被放下,顶上安装了担架位,躺着转运的病人。

人多的地方就像小社会,各色群像集结,在这深海里捞王可,难度无异于在珠穆朗玛峰顶上碰到劫后余生的Mr.right。

经济舱踩过一遍,玄子回到前登机门,被一位外籍男士拦下。男人头身比优越,五官深邃,靠近一点,可以看见他天生的浅瞳,像是直接从杂志上走下来的封面模特。对方亮明身份,用一口流利的中文说自己是空保,认为玄子是可疑人员。玄子的注意力从男人的脸上转移开,委屈巴巴地说:"散……散步……步不行吗?我吃……吃饱了撑啊。"

玄子被强行押回座位。

栾青问:"他谁啊?"

空保隔着过道坐下,睨着她们,问:"你们认识?"

"不认识。"玄子说。

"认识啊。"栾青说。

空保看她们的眼神又深邃了几许。

"哎呀小哥哥,我实话跟你说吧,"玄子正色道,"她是我闺蜜,我刚是帮她探查现场情况呢,她今天是想跟男朋友求婚的,考虑很久了。你知道的,我们女孩子决定求婚,多不容易啊。她男朋友就在这架飞机上!"

说着，玄子举起栾青戴着钻石戒指的手。

一气呵成，字字铿锵，完全不结巴。

栾青努力克制脸上抽动的微表情，深呼吸一口，补充道："叫王可。"

空保帮忙翻译给空姐，空姐立刻抓住了重点，比她们还激动，小跑着去驾驶室请示机长。回来的时候，带了一瓶红酒，说这是机长送的。栾青和玄子互看一眼，站起身。空保拦下玄子："你还是坐着，她一个人去就可以了。"

"Ladies and gentlemen, I am the captain of this flight, thank you for taking flight AF705 to Rongcheng Airport. I would like to interrupt you for a moment……"

伴随着广播里机长浑厚的男低音，栾青戴着口罩站在过道。脸颊滚烫，直冲头皮，她觉得有些缺氧，看了眼身后拿着红酒的空姐，空姐给她比了个加油的手势。

太让人感动了。

"Mr WangKe，please stand up." 机长情绪到位。

心里的鼓点瞬时急停，栾青盯着前方，一个穿着 POLO 衫的眼镜男站了起来。栾青眼神变得凌厉，锁定猎物，缓缓向他走去。突然，又有一个中年男站了起来，她顿了顿步子，笑着路过，直接逃去了经济舱。这里站着一男一女，还有个十岁的小孩。

真好，一飞机有五个王可。

一抹僵硬的笑挂在栾青脸上，她上扬着幸福的嘴角，心里骂着全世界，路过了五个王可，在所有乘客的注目下，径直走向了机舱最后的担架位。

担架位被布帘遮着，昏睡的病人只露出一只手，栾青眼含热泪，将钻戒戴在病人的无名指上，硬着头皮收场。空气凝结，机舱内瞬间安静。半晌，有人尴尬地咳了两声，伴着零星的鼓掌，拿红酒的空姐"嘤嘤"哭出了声。

栾青从未经历过如此可笑的场合。她原本以为最可笑的东西，是山根上味道刺鼻的硅胶；是贴上容易，撕下时，快扯掉脸皮的瘦脸贴；是美颜软件；是她那些总被赞上热门的变装短视频。

所有的容貌焦虑都源于那颗不安定的心，当初看着朋友圈那些过分快乐的人，羡慕与自我否定来回拉扯，或许正是这些滑稽的讳莫如深，才能成为她自信的勉强陪衬。

"栾青？"有人叫她。

栾青从虚晃的意识里回过神，担架位前座的一个男生站起来。白色衬衫第一颗扣子解开，露着一条银色骨节项链。头发有点自然卷，单眼皮扛不住笑，眼睛容易陷成一条缝。说话声糯糯的，配上他这冷白皮，特别二次元。

"你是……"栾青摘下口罩，极力搜寻脑中的记忆，终于对上这张熟悉又陌生的脸，"谢……"

"谢科。"说着，男生从空姐手里接过葡萄酒，招呼栾青在他身边的空座坐下。

求婚仪式仓皇地结束。机舱的灯光暗下来，窗外天色昏暗，路过的云层被刷上一层普蓝色的颜料。

这个谢科是栾青前同事的弟弟。有一次同事生日，搞了个迪士尼主题派对，每个人要打扮成迪士尼的动画人物。栾青凭借自己行侠仗义的脸，扮成了巴斯光年。谢科那天也在，颇有缘分地扮了胡迪警长。那晚一群年轻人推杯换盏，几轮真心话大冒险后，谢科贡献出一打28度的精酿啤酒，说喝了这个，就可以直接看见明天的太阳了。

已经喝茫的栾青不信，拔了拉环仰头就喝。谢科抢过来，陪了她半罐。再醒来的时候，两人已经躺在谢科房间的床上了。

他们不吵不闹，起身各自穿好衣服，叫了星巴克的外卖，吃了鸡肉帕尼尼喝了美式。相敬如宾，互道再会。栾青下了楼，步伐轻盈地来到路口，停住，然后尖叫着狂奔起来。此后谢科就从她的世界里消失了。

谢科指了指葡萄酒，问："要喝吗？"

栾青摇着头，不自在地微微一笑。

"后面的，是你……爱人？"他扬了扬下巴，意味深长地问。

"嗯。"栾青尴尬地搭腔，不忘观察那五个王可的座位，生怕已经打草惊蛇。

"病得挺严重啊。"

"嗯，那个……他是火箭工程师，你懂，这种工作，常年有辐射。"为了那颗飞扬跋扈的自尊心，栾青说了一个自己都快笑场的笑话。

谢科笑了:"这么多年不见,你变化还挺大的。"

"是吗?"她饶有兴致地拨弄起头发。

"没想到你喜欢女生。"谢科说。

"女生?"栾青皱眉。

"她啊,"谢科指了指身后的担架和氧气瓶,"我是那位女士的转运医生。"

误会太大了。

栾青按着肚子,刚才那几口牛肉饭有点反胃。眼看距离飞机落地还有七个小时,她脑筋一转,此刻要是玄子会怎么办。

灵感来了,栾青换了个哭腔,向谢科坦白:"其实我不是来求婚的,而是来找人的,因为被网恋对象骗了钱,只知道他的中文名字叫王可,此行上飞机,完全是追债。"

谢科闻言,感叹道:"你们现在还会搞网恋啊。"

栾青感受到了降维打击,反唇相讥:"你是瞧不起姐姐呢,还是瞧不起网恋?"

谢科摆摆手,用力撑出一个笑:"我帮你找!"

按照栾青的说法,网恋对象用的是假照片,谎言背后的主人是谁,无从知晓,唯一锁定嫌疑人的办法是——王可的手机。

"手机?"谢科茫然。

"是,手机。"栾青郑重其事地点点头,"你只要想办法让他打开 airdrop 就可以了。"

"哈？"谢科更不理解了。

"你就照办吧！"

谢科得令，伺机而动。

飞机进入夜间飞行。空姐回了休息间，偶有乘客起身洗漱，熊孩子进入梦乡，机舱难得安静下来。机翼的航行灯镶嵌在夜里，规律有致地闪烁着，像一枚倔强的信号。

第一个目标，是50D的男王可。谢科扣紧衬衫扣子，下摆扎进牛仔裤，握着牙刷牙膏来到熟睡的王可面前。他的手机就放在小桌板上。谢科左脚绊右脚，假装一个踉跄，用胳膊肘将王可的手机碰在地上。王可惊醒，一脸不明所以。谢科连说抱歉，镇定地蹲下身捡起，滑开手机airdrop，说，还好还好，屏幕没碎，能用。王可看了眼手机，捂在怀中，瞥了谢科一眼，警惕地换了个姿势睡去。

离他们几个座位远的栾青捂着口罩，眼疾手快地搜索airdrop，没有"王可"跳出来。

Pass。

"女人就不用了吧。"谢科指着39J的女王可说。

"要！"栾青阴森森地瞪着远处，"骗子不分性别的呀。"

二人一前一后向女王可走去，只见穿着一身名牌的王可，掏出了一台镶钻的安卓机，二人默契地路过，回到角落里蹲下。

再次pass。

栾青带着谢科回到头等舱，远远见着玄子还在和空保热聊。栾青不敢声张，指了指16A的中年王可，扬着下巴示意谢科。中年王可正在看书。谢科坐在他身边，殷勤地喊："王总，我就说怎么看着这么眼熟呢！"

王总放下那本成功学宝典，愣住了。谢科自顾自地热络，王总估计以为自己忘了，也不好意思问他是谁，真还和他寒暄起来。谢科说起自己是医生，正中王总下怀，有钱人都惜命，一来二去，两人聊起养生话题。谢科见他眼睛里有红血丝，说现在的电子产品，辐射都很严重。危害最大的就是手机，让他把手机拿出来给他看看，回头给他搞个医用级别的蓝光膜。

栾青蹲在过道上，手机屏幕暗下，虽然也不是这个"王可"，但谢科的十八般武艺，让她叹为观止，现在的小屁孩，花样真多。

"你确定你是医生吗？"栾青问他。

谢科虚起眼，眯成一道缝："你知道我们当医生的有多辛苦吗？手上技术要过硬，脑子还得好使，不仅要救别人，还要时刻救自己。站在生死线上，什么人没见过，没点功夫，应付不过来的。"

栾青啧啧嘴，连连称赞。

最后，目标锁定13L的POLO衫眼镜王可。来自女人的直觉，肯定就是这个人。栾青让谢科想办法拿到他的手机，但是不要惊动坐在前排的空保。谢科蹑手蹑脚地路过眼镜男，从洗手间出来，原路返回。眼镜男躺在靠窗的座位上熟睡，身上搭着毛毯，旁边坐着一位正在看电影的欧洲女人。桌面上没有手机，谢科只能在过道上蹲着步，视线一转，看见手机立在眼镜男的饮料架上。

谢科脑力激荡，回身找到配餐厨房的空姐，指了指王可，说："那个男的也是我的病人，有点低血糖，能给我点简餐吗？"

空姐很乐意，要自己拿过去。

谢科拦住："病人脾气大，我去。"

谢科端着餐食，向栾青抛了个眼神。见他端着餐盘，正在专心看电影的欧洲女人下意识地收起腿，谢科放下坚果，往饮料架上放果汁的时候，顺手摸走了眼镜男的手机。

如获至宝，栾青和谢科窝在角落，手机需要面部识别解锁，栾青滑开 airdrop。再打开自己的隔空搜索界面，盯着一枚枚头像列表顺次跳出，始终都没有那个叫"王可"的人。无果，她心灰意冷地抱住头。

"也不是他吗？"谢科问，"要不要想办法解锁手机试试，或许能看到他银行账户什么的。"

"不用了。"栾青颓丧地摇摇头。

她突然想到还有一个漏掉的王可，起身拽着谢科回到经济舱。视线抛向 57B，那是她最后一根救命稻草。

"你不会连孩子也不放过吧。"谢科撇嘴。

57E 的男孩最多十二三岁，戴着无线耳机，正在玩"植物大战僵尸"。趁着男孩的妈妈上厕所的空当，他们一左一右坐下，将男孩夹在中间。谢科装狠，哼哧道，找你有事。男孩朝他俩看了一眼，埋下头，镇定自若地说："等我这关打完。"

他们盯着被丧尸啃得体无完肤的坚果墙，脸上的表情皱成一团。

"跟你说个秘密，在我们家那次，是我第一次。"谢科突然提起往事。

栾青脑袋一嗡,明知故问:"第一次喝酒啊。"

"第一次发育。"谢科不爽。

栾青反应过来,说:"你不要告诉我,那次你还没满十八岁。"

"满了。"谢科说,"亲你的那一刻满的。"

栾青慌了:"你姐没说啊,那天不是她生日吗?"

"我和她同月同日生,不过小六岁。"

栾青陷入自闭。

"你别有压力啊,挺好的。"谢科安慰道。

"什么挺好的?"栾青的脑子混沌,容不下别的信息量了。

"第一次,挺好的。"谢科移开视线。

"你不要给我瞎回味啊!"栾青扶额。

此时,男孩干咳了两声,调大耳机音量。

氛围弥漫着尴尬,即便机舱灯光昏暗,谢科红到发烫的脸也无处遁形。

"打扰一下……"一位中国籍的空姐适时出现,打量着他们,对栾青说道,"那个,您的爱人在抽搐。"

这趟国际航班配的氧气瓶很小,每隔半小时要换一个。谢科换上氧气瓶,安置好病人,与栾青在最后一排坐下。

栾青已经被磨损得失去斗志。有那么几秒,她脑中窜出了落地后的画面。那张原片和精修对比图被发布到网上,她精致的面具被撕碎,成了过街老鼠。她又回到那个逼仄的工位,吃着便利店里冷掉的饭盒，微信群一个又一个跳着信息，她机械地回复着"收到"，害怕错过领导的每一条信息。

栾青丧魂落魄地靠在椅背上，谢科不搭话，只是双手交握着放在小桌板上，来回摩挲着。栾青注意到谢科桌上那个画着柴犬封面的护照夹，随手拿起看，不经意翻到护照信息页，中文姓名一栏上，写着"谢珂"。

"你是这个'珂'啊。"栾青自言自语地感叹。

她盯着那个"珂"字的偏旁部首，瞳仁放大，空气中好像伸出一个手掌，在她脸上拍下火辣辣的耳光。

"你的手机呢？"她转身问谢珂。

"没电了啊。"他掏出手机，是一台型号老旧的iPhone。

"上飞机之后，你airdrop有没有收到陌生人发来的东西啊？"

"有啊，好像是照片，刚想看呢，没电关机了。"

"你为什么不早说啊哈哈哈！"栾青狂笑道。

谢珂一脸疑惑："早说什么？"

栾青努力克制自己的情绪："带充电线了吗？"

谢珂摇摇头。

栾青说帮他手机充电，拽着谢珂回到自己的座位。伟大的玄子一刻不得闲，竟然在与空保碰杯，娇嗔地逼着他一饮而尽。见栾青回来，像招呼来家里做客的远房亲戚，热络道："来啦，小哥哥说不能喝酒，喝可乐呢，真逗。"

栾青面色一沉："你，后面去，氧气罐空了叫我们。"

玄子不明所以地被请走了。

谢珂在玄子的位子坐下，这算是他人生第一次坐头等舱，兴奋地玩起座椅按键，来回躺平坐立。

栾青将他的手机连上电源，盯着屏幕上空洞的电池指示标，迟迟开不了机。北京时间已经划过午夜，可能终于找到那颗炸弹，栾青身子懈怠下来，靠在椅背上，厚重的困意来袭，眼皮一重，竟然睡着了。

飞机穿云，机舱颠簸，伴随着一次强烈的失重，栾青惊醒。此时身子缩成一团，斜躺着，脑袋搁在桌子上，准确说是谢珂的手背上。口水横流，她猛地坐直身子，嘴角牵出了丝。

栾青尴尬地扯起衣角，在谢珂手背上蹭了蹭。机舱内明显放亮，她努力清醒，一看手机，一个盹竟打了五个小时。飞机即将下降，栾青想起照片的事，正想让谢珂解锁手机，飞机钻进云层，又一阵失重，栾青吓得闷声叫了一下。空姐广播通知，因为蓉城机场的天气状况不佳，他们无法下降。飞机时左时右来回偏移，开始在空中盘旋。机舱内的颠簸越来越烈，心口伴随着未知的失重猛然下坠，栾青慌得扯紧安全带。这时，谢珂伸过一只手，放在桌上，向她勾勾手示意。栾青没多想，上手握住他的拇指，手背被他宽厚的手掌包裹，一股暖意升起，瞬间安定许多。

几分钟后，飞机终于平稳，只听前座的乘客指着窗外惊呼一声。

日出的光从机舱一侧伸进来，窗外如棉的云团上，投射着一个小小的飞机阴影，被一圈彩虹佛光围绕，像是别在云层上的一枚精致的胸针。两舱的客人都注意到这奇景，一大半乘客离开座位，到那一边伸着脖子朝窗外望，掏出手机拍照。飞机似乎有些失去平衡，空姐吓得花容失色，冲过来将乘客撵回座位。

栾青看得入神，一旁的谢珂解释道："这种光晕叫'HALO'，据说看到它的人，愿望都能实现。"

无数念想成群结队地冲到栾青脑海里，揉成一团，模糊不清。在万米高空，一时间她竟找不出一个像样的愿望，第一反应是——世界和平。果然见到佛光之后，慧根都开了窍。

她若有所思地回过头，谢珂按下了手机快门。

她下意识躲闪，一把将谢珂的手掰过来，掌握手机的主权。照片上，栾青嘴唇微张，难得地睁大眼睛，带着情绪注视着镜头。逆光在半边脸打出一道粉蓝色的光晕，下颌角的轮廓清晰可见。

"挺好的，修一下。"栾青的职业病犯了。

"不用修啊，已经很好看了。"谢珂道，"你和其他女孩儿不一样，这拍出来跟电影剧照一样。"

栾青想笑："什么女孩儿啊，我和你姐一般大。还有，其他女孩儿都是偶像剧吧？我这普普通通的，顶多算文艺片。文艺片谁看啊，你这种小男生，会看吗？"

"为什么不看？看来你对自己有很大的误解啊，嫌弃自己的年纪，又觉得自己普通，说你好的人，你像看敌人似的。明明很可爱啊，为什么要承认自己普通。"

栾青的心被狠狠打了一拳，她不置可否地眨眨眼："好好好，老娘最美。"

"这句话打印下来，贴在床头。"

"好的，那请把这么美的照片传给我。"说着，栾青抢过谢珂的手机，故意靠在窗上，手机背对他，打开相册，里面果然躺着那些误传的照片。她将照片连同那张原图，一并多选，按下删除。

一块大石头终于落地，她将手机还给谢珂。

他翻开相册，问："你怎么删了？"

"你留着也没用啊。"

他嘟囔一声，满脸不悦地划着屏幕。

栾青语塞，指了指身后，岔开话题："你该去看你的病人了吧。"

谢珂闷闷不乐地点点头，起身想往回走，说要上个厕所，转而去洗手间。

看着他的背影，栾青情绪泛滥。尽管这样的用后即弃有点残忍，但她不知道为什么，与谢珂说起话来，总有种说不清道不明的不自在，和年纪无关，而是好不容易修炼起的虚假的自信，在这个男孩子面前，好像根本不重要。谢珂似乎根本不屑她辛苦缝制的糖衣，只需撂下几句不经意的话，就能将她击中，反倒映衬着自己比他多活这六年时光，脑子没长进，都拿来长皱纹了。

谢珂划着手机走到洗手间门口，突然停住，转过身，朝栾青挥着手机，粲然一笑，道："那张照片还在'最近删除'里。"

栾青的身子像被按下开关，一股能量觉醒，她扯掉安全带，三两步跳到谢珂面前，将他推进洗手间，跟着侧身钻进去，然后用力将门推紧，反手扣上门锁。

一系列动作行云流水，谢珂吓傻了，那种爆米花恐怖片的丧尸也是这样追猎物的。

"手机给我！"栾青边说边抢。

"你干什么！"谢珂背过手，被她汹涌的蛮力推倒，重心一歪，一屁股坐在了马桶盖上。洗手间空间逼仄，栾青没站稳，直接双膝跪地，脑袋砸向谢珂双腿中间，脸埋在了不该在的地方。

气氛僵住，他们恨不得现在有人立刻打破飞机舱门，来一次360度托马斯回旋带走注意力。

"还好吗……"谢珂面红耳赤地扶起栾青，含混地说，"你这是干什么啊？"

"删照片啊！"栾青声音发颤，指着他手机大吼，"最近删除里，不是你刚才拍的那一张，前面那些……对，看到了吧，超级网红啊！认识吗？"

谢珂盯着手机屏幕，无言以对地摇摇头。

栾青兀自大笑，划动他的手机，切到那张原图："她都不认识，我就是她啊！"

他愣了愣："……所以呢？"

"什么所以呢？！你还不明白吗，没有什么网恋！没有讨债！也没有求婚！都是谎话……"栾青的笑容化成惆怅，神色黯然下来，将删照片的来由悉数告诉了他。

栾青彻底删掉了那些照片，谢珂坐在马桶上，支着下巴颏傻愣愣地望着她，如鲠在喉，不知如何回应。

"女士，你们还好吗？"空姐敲门。

栾青吸了吸鼻子，拉动门锁想出去，结果门锁卡住，打不开。啪一声，她心里紧绷的弦断了，用仅有的力气开始疯狂砸门。门外的空姐们慌了，中英文夹杂着劝她冷静。玄子也来了，问她里面的情况。听到玄子的声音，栾青终于崩溃，泪水不客气地扑簌扑簌掉下来。

飞机下降，栾青没站稳撞在门上，谢珂起身想扶她，她背对着他，摆了摆手。密闭的狭小空间让她更加万念俱灰，眼皮灼灼地跳着，眼睛像开了闸，不住地淌着泪。

上一次这么难过，还是在与男友分手的时候。从长相到性格，栾青都不是在恋爱里有多少主动权的女人。虽然做不到宁缺毋滥，但她始终相信爱情，即便凡心动过很多次，但真正地爱过，也就三段，所以每次恋爱都是窒息的状态。

第一段是在青春期，帮同桌揍了隔壁班的小霸王，同桌觉得有了依靠，每天上学放学都骑车载她。她折了九十九颗星星，装进玻璃罐子里送给他，编彩色手绳送给他，做那种藏着"I LOVE YOU"的机关贺卡送给他，每天雷打不动地用各种颜色和香味的信纸写日记给他，还贴心地编号，折成心形。高中毕业，同桌给她寄了个大箱子，说："我要去外地了，你的东西我就不帮你保管了，谢谢这些年你这么罩我。"

这么多年的付出，到头来功能约等于一个蚊帐。

第二次是大学毕业，栾青在时尚机构实习，和公司里挺文气的一个男孩子看对眼。刚在一起时，发乎情止乎礼的，后来终于睡了一觉，结果男生第二天就提了分手。栾青怀疑过是不是自己的技术不好，看了很多 A 片来补课，看到反胃，看到自己快性冷淡了，也挽不回这段感情。直到后来某次在活动现场与他重逢，男生穿得西装笔挺的，手里牵着另一个西装笔挺的男孩子。男生握住栾青的手，感激涕零地说："如果不跟你谈恋爱，我都不知道自己是 gay。"

不夸张，她连哭了三天，觉得这是打从娘胎出生以来，受过最大的一次侮辱。

第三段恋爱，栾青最认真，谈了四年，已经到了谈婚论嫁的程度。去年开始，男方在日常生活里吹毛求疵，说这样柴米油盐的生活让他感受不到激情了。两人沟通变少，栾青生病，来大姨妈，长痘，心情不好，男方只会让她喝热水。后来加上工作一忙，终于挨不住寂寞，分了手。栾青本来没有那么难过，但不过半年的时间，前男友火速找到了新欢，还闪婚了。婚礼上，有共同朋友发了朋友圈。户外西式婚礼，喜糖是太妃糖、奶糖和巧克力的组合，一切都是他们当初商量过的婚礼的样子。

她独自窝在家，将新娘的照片放大，看了又看，浓妆艳抹，身材傲人。她哭得很伤心，原来那些所谓的"激情退去"，不过只是"嫌弃"的遮羞布。凭什么他可以全身而退，而自己的心却承受着眼睛看错而带来的伤害。

一段爱情里，只有真正爱过，才会产生拥有时的无比愉悦和失去时的极致痛苦。栾青开始默默关注那个新娘的社交平台，研究她的打扮，将自己封闭在一个华丽的怪圈里，一度开始嫌弃镜子里的自己，那些总被朋友称道她是"国际脸"的说辞，现在想来，都变成了一场盛大的讽刺。

一年前，她在工位上吃着便利店买回来的加热盒饭，拍了张自拍，鬼使神差地想P图，原本只是加了个滤镜，但被功能强大的美颜软件震惊，几番来回后，完全P成了另一个人。她甚至觉得，有点像前男友的新娘了。不，比她更好看。

栾青说完自己的故事，泪眼婆娑地看着谢珂，嗫嚅着："是我错了吗？"

"你没错，他不喜欢你，那是他瞎！"谢珂气急败坏道。

她又问："我真的只能让小男生有安全感吗……"

"安不安全我不知道，反正我最大的遗憾，就是小时候没有女生给我送手工。"

"那为什么你们男生只会让我们喝白开水，我根本不喜欢喝白开水！"

"跟我没关系啊，我也不喜欢，白开水齁嗓子。"

"那……那个gay呢。"

"日行一善啊，全天下的女人，只有你可以让他出柜，他妈都没这个能耐。"

"那……"

"行了！"谢珂用一个挥剑的姿势打断她，嘴里大喊，"面对疾风吧！"

栾青大哭，一把抱住谢珂，任由情绪流淌。

谢珂拍拍她，轻声安慰道："你说我们现在飞在这高度，你会在意宇宙外面有什么吗？可能我们看到的宇宙，只是果蝇的一只复眼，那些人对着一只复眼说喜欢还是不喜欢，果蝇本人才懒得搭理呢。他们看到的你，就是他们心中的你，只能看到这么多，仅此而已。所以，无所谓啦，他们看不见，你该庆幸，损失的是他们。"

听谢珂说完，栾青哭得稀里哗啦。

"还有，其实我早看过那些照片了，在我眼里，它们就只是照片而已。我真的不认识什么网红，但我觉得你比她好看。"谢珂说。

悲伤到恶心，栾青来不及反应，吐在了谢珂背上。

洗手间的门被空保直接卸掉，众人试图合力移开门，被里面一股蛮力死死抵住。栾青从门缝里露出惨白的半张脸，看了眼外面的情况，小声问空保："你有多余的制服吗？"

"没有。"

"那能给我几条毛毯吗？"转而问空姐。

洗手间的门被挪开，栾青从里面出来，做作地整理头发。她的身后，谢珂迈着小碎步，穿着栾青用毛毯给他做的连体衣闪亮登场。

众人看呆了。

"你还有这技术呢。"谢珂不自在地打趣道。

"以前做过造型师。"栾青说。

"哇，造型谁啊？"

"我家的狗。"

谢珂脸色陡变，满头黑线地看向她。

"医生，你的病人又抽了！"中国空姐及时出现。

谢珂一激灵，往经济舱奔去。

二十分钟后，飞机终于落地蓉城机场。栾青与玄子先到了大厅，想和谢珂道个别，等经济舱的人都差不多出来了，也没看到谢珂。在飞机上这十个小时的闹剧里，竟然连交换个联系方式的机会也没有，更别说多聊几句了，他来蓉城做什么，单身与否，全然不知。当年就是荒唐的过客，看来又要再路过一次。栾青想想，可能这就是宇宙百忙中安排的邂逅吧。从人海而来，再归还人海。

"我想发张照片。"栾青将谢珂拍的那张逆光照给玄子看。

"支持你，发！"玄子大义凛然道，转念想了想，"不然……加个滤镜？"

"不用。"栾青微微一笑。

到酒店已是早晨八点。疲累的栾青倒床补觉，被电话吵醒，一个陌生号码的来电。

电话那头是谢珂，说病人刚做完手术，问她在哪里。栾青腾地坐起，说在春熙路的星级酒店。谢珂在新城，很远的南边。导航显示他们的距离车程要四十分钟，中间正好有一家网红餐厅。

"介不介意现在出发，一起去吃个早餐。"电话那头，谢珂已经在整理头发了。

栾青来到镜子前，偷偷用洗面巾擦脸："但我很困啊……"

"可我这里有一枚钻戒，被主人遗弃了。"

栾青伸出手，指节空落落的，恍然大悟道："好吧，那我来拿一趟好了。"

"辛苦美女了。"

栾青轻嗔，问："还没问你是怎么知道我电话的。"

"其实……我早知道你的电话了。"

"什么？"栾青诧异。

"我问我姐要的。"谢珂支吾道，"你每年生日的'祝你快乐'，就是我发的。"

栾青扶额，感动之余，又有点想笑。

他们分别上车，各自往中心点去。电话一直没断，从上学的经历聊到上一年生日怎么过的、家里的成员配置、喜欢的电影、爱听谁的歌、鞋子穿几码、幸运数字、有没有信仰……聊到手机烫脸。

到了目的地，栾青下车，正巧聊到谢珂在上一段恋情里，假扮过外卖小哥，去对方公司送花,结果看见女朋友和她的新欢在喝咖啡。

"哈哈，我以为就我一个人犯过病呢。"栾青笑他。

电话里，传来谢珂的温言软语："那是，那段感情教会我啊，有病就得治，尤其是痴心妄想。"

"那你可以治好我吗？谢医生。"栾青站定，看向从车里出来的谢珂，与他四目相对。

　　"给个机会，先试试。"

　　"那先加个微信吧。"

　　"好啊。"

　　栾青上前，与他并肩，互加了微信。他们的前方，是被树影撩拨的太阳，散着热烈的光。海子的诗里写，你来人间一趟，你要看看太阳，和你的心上人，一起走在街上。

　　或许，此刻的他们已经成诗。

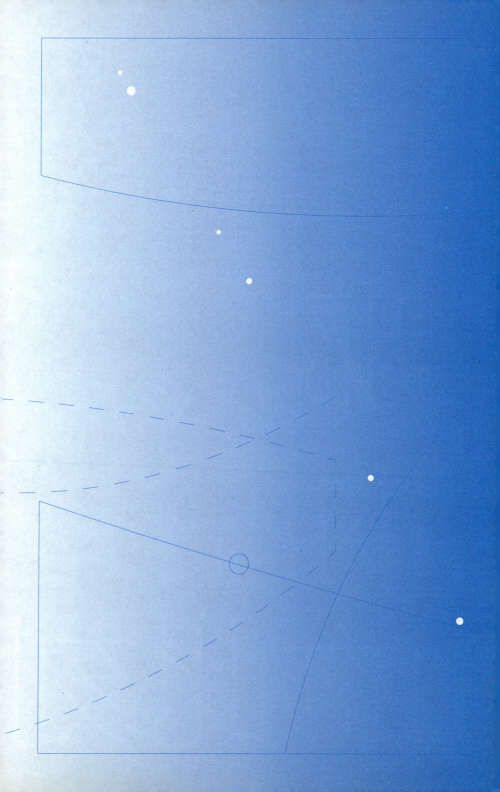

那时

的此刻

窗外晴朗得格外耀眼。

刘可以六点多就自然醒了，趁着妻子熟睡的空当，打扫了屋子，规整好孩子的玩具，洗了个澡，在镜子前拾掇半天，为了遮挡被岁月日渐逼退的发际线，陈年的发蜡都用上了。

一整个早上，刘可以都魂不守舍的。一岁的孩子终于叫了两声"爸"，他也没什么反应。不顾妻子在旁的问话，时不时划开手机看时间，害怕迟到，哪怕一秒。

简单吃完早餐，他换上白 T 恤，从柜子里取下一件发旧的牛仔外套，妻子说外面热，抱在手里就行。刘可以脾气倔，非要穿上，他说，十年未见，想让井晖第一眼就认出他。

这件牛仔衣，他洗了很多次。十年间，除了褪色的牛仔衣，刘可以的变化也很大，从蓉城东边的乡镇搬到北边，又在市中心住了几年，考虑到孩子未来要上学，在南边的公寓买了房，每天还要往西边去，经营自己在大学城里开的中餐厅。他这匆匆三十多年，围着蓉城打转，见山见水，见高楼平地起，骨子里刻了故乡，永远离不开。

车内"突突"冒着冷气，妻子在后座照顾孩子，刘可以搭着方向盘，呆望着前方的红灯，眼瞳也被染上一层红。谁承想时间如白驹过隙，数起来，十年不过也就是摊开一双手，很多故事还未搁笔，总被记忆来回提醒，开头猝不及防，愁多夜长的字句，仿佛是昨天的事。

刘可以是在大相茶馆里长大的。美其名曰"茶馆"，在这种镇上，其实就是搓麻将的地方，茶馆老板叫刘大相，是他爷爷。老爷子精神矍铄，七十多岁还满面红光的，苹果肌饱满，一头白发，根根硬得像刺，摊开手掌搓一搓，跟按摩似的，舒服极了。

刘大相是个商业鬼才，平日里一刻不得闲，特会来事儿，帮妇女接送小孩，帮忙收包裹，处理街坊邻居各种情感问题，还负责走街串巷修家电，织毛衣做窗帘，组织跳舞，十八般武艺样样精，街坊邻居都爱他，有事没事就往大相茶馆跑。刘大相在茶馆忙前忙后，每天茶水、水果不间断供应，三缺一了二话不说自己上桌顶，最关键还烧得一手好菜，在茶馆里搞了个后厨，麻友们的三餐也解决了。于是坊间盛行三件套，手痒了就去大相茶馆打麻将，心烦了就去大相茶馆摆龙门阵，嘴馋了就去大相茶馆吃啤酒鸭。

啤酒鸭是刘大相的拿手菜，白酒浸过的鸭肉下锅，配上秘制的各种佐料，浇上啤酒，盖上盖子一煮，二十分钟后撒上香菜，上桌。但凡路过茶馆的，都会凑过鼻子闻上一会儿，即便不打麻将，讨口鸭子吃的也大有人在。

有了这鸭子，刘可以也就可以跟这麻将声和平共处了。

虽说刘大相做的是麻将生意，但从不抽水，不搞赌博那一套，不过每个镇上都是有打手存在的，所谓打手，就是以打麻将为生的人。有一回，隔壁的大伯输掉了县里刚装修好的房子，差点妻离子散，从此茶馆就设了标准，底牌不超过多少块，还有封顶。有些打手觉得输赢太少，不尽兴，刘大相两手一摊，爱打不打，不打滚蛋。

没人敢顶撞他，跟刘大相交恶，就是与全街坊为敌。

刘可以从小没什么主见，典型杂草型人格，风往哪吹，他就往哪倒。没考上大学，刘大相帮他讨了份工，春节后要上天津的一家房产公司做销售，待遇还不错，没有学历要求，一年跑几个城市，中途还能回来。这几个月过渡期，他乖乖听刘大相的话，在茶馆里帮工，每天下午上班，守到夜里三点打烊。

井晖是茶馆的其中一个客人，准确说，半个客人。

不知从哪天开始，刘可以频繁看到一个男生，高高壮壮的，看样子二十岁出头，浑身痞气，但有虎牙，一笑憨厚许多。开始是背着手装模作样地看，后来自己上了桌，几盘下来总输，再来就只喝茶了。

有天傍晚，他带着几个小弟来茶馆，主动跟刘可以打招呼："小孩，你过来一下。"

刘可以一愣，委屈巴巴地说："我十八岁了。"

"那也是童工啊。"他扬着下巴，指着后厨的方向，"进去帮我把鸭子拿出来，我饿了。"

那中午剩下的啤酒鸭是刘可以的夜宵，他瞪着眼，心里打鼓，愣在原地干着急。男生推开他，偷偷摸摸进了后厨，刚把锅热上，就被进来的刘大相逮个正着。几个小弟很懂事地上前给男生壮声势，没等他发号施令，刘大相就挥着菜刀把他们赶了出去。后来刘可以才知道，这人叫井晖，二十一岁，职业，收保护费的。

自此以后，井晖缠上了刘可以，只要刘大相不在，他就窜到茶馆里，说这是老大给他的指标，收不回保护费，他就只能在茶馆里打麻将赚钱，还勒令刘可以陪他打，且不能跟刘大相告状，否则刘大相怎么宰鸭子的，就怎么宰他。

井晖从不叫他大名，总把"小孩"挂嘴边，"小孩给我倒杯茶""小孩摸牌""小孩你胡我干吗啊"，虽然语气永远有种颐指气使的优越感，但对刘可以还算照顾，经常给他带各种零食和饮料。刘可以没别的本事，在牌运上很旺井晖，只要在他一米范围内活动，井晖准能摸把大的，一晚上经常出好几次龙七对、杠上开花。井晖跟他的小弟说，回头给刘可以做个雕像，放在家里没事拜一拜，比财神管用。

一来二去，这对麻将搭子就熟络了。

井晖每次来都爱穿牛仔衣，刘可以一直以为他有很多件一样的，谁知就这么一件，他说这是名牌，一千多块钱，不能洗，阳光下晒一晒就消毒了。刘可以很嫌弃，蓉城哪儿来的阳光，不臭吗？井晖让他闻一闻，他伸过脑袋用劲儿一嗅，满鼻子花露水的味道，呛得他连打喷嚏。

井晖抽他后脑勺，什么花露水，这是古龙水，男人都用这个。在穿衣打扮这个领域，刘可以几乎是零开发，他头发是刘大相剃的，衣服是刘大相做的，唯一用过的护肤品是超市几毛钱一袋的宝宝霜。井晖说他不能有这样不入流的朋友，决定教他帅哥的修养，带他去理发店烫了个烟花烫，送了他一双名牌鞋，浑身喷满古龙水，还上他家翻他的衣柜，终于搭出一套还算顺眼的衣服。

井晖满足地看着镜子里的刘可以，问他："谈过恋爱吗？"

刘可以一羞，摇摇头。

"你这学是白上的啊？"井晖拍拍他的肩，语气轻佻，"明天你就这么出去，要没女的跟你打招呼，我井晖今后叫你哥。"

井晖也不见外，躺在刘可以的床上，翻他床头的书。刘可以所有的书，都会第一时间被刘大相用旧日历包上书皮，再洋洋洒洒给他写上大名、班级，从小学到高中，无一幸免。井晖看着"刘可以"三个大字，接连叹气，边叹气边笑。

"你这名字真够可以的啊，谁给你起的。"

刘可以还在镜子前晃悠，幽幽地说："我爷。"

"你爸妈呢？"井晖问。

"没爸妈，我是我爷捡的。"刘可以说。

刘可以没骗他，他真的是刘大相捡的。

刘大相年轻时，本来可以有一段婚姻，当时媒妁之言，老早就给他介绍了一个隔壁村的姑娘。因为工作变动，临时跟生产大队去了北京，后来当了兵，上过朝鲜战场，腿中了弹，回来一躺就是一年。他放弃了部队安排的工作，回了蓉城，想把姑娘从农村带出来，结果姑娘早就嫁作人妇。造化弄人，他一直没结婚，独身一人。后来，市政府给老兵分了疗养院，条件非常好，他也拒绝了，想找个清净的地方，跑到蓉城东边的镇上，开了间茶馆，借着依山傍水的地理优势，每天爬山锻炼，腿落下的病好了很多，安居乐俗，提早进入退休生活。

十八年前，镇上的后山没怎么开发，田埂小路都是农民们一点点挖出来的。刘大相在半山腰的亭子里发现刘可以，身上裹着脏袄子，没有缺胳膊少腿，是个男婴，他心一软，觉得这是老天爷的安排，想自己养。街坊邻居都劝他送孤儿院，别蹚这浑水，他中气十足，嚷嚷着他可以吃皮带，可以喝尿，腿还可以留个窟窿，养个孩子难道还不可以？

可以。

刘大相手续办妥，心想隔了这么多代，勉强算个孙，于是从小带着他，就爷孙两人，彼此做伴。刘可以一两岁时，刘大相在山里练功，他就在田埂上扦泥巴，再大一点，刘大相用纸壳做生字卡教他认字，上学之后，教他下棋，走街串巷，看大雁南飞，每一年都期待着这南方小镇能下一场雪。

刘可以想过找亲生父母，后来看多了社会新闻，便弃了念想。纵使抛弃他的两个陌生人有再多漂亮的理由，都抵不过刘大相随随便便的一两句叫唤，人生在世，陪着最亲的人就好，更何况还有啤酒鸭吃。

听完刘可以的故事，井晖握住他的手，撂下肺腑之言："今后你就是我亲弟。"

亲弟第二天穿上井晖搭好的衣服，在因为烫头被刘大相打趴下之后，兴奋地游了街，走到双腿发软，路灯都关了，也没有女孩儿跟他说话。直到楼下的夜市收摊，他来到一家鞋铺的摊头前，有个女生叫住他，问："帅哥，你这鞋是我们家的吧？"

他在钨丝灯微弱的光下看清女生的脸，简单的妆，睫毛纤长，扎着马尾辫，衣服没遮住的地方都白到发光，肤若凝脂大概就是这个意思。

刘可以心慌了，埋头看了眼井晖送他的鞋，磕磕巴巴地说："我这个是名牌……"

女生莞尔一笑："鬼扯，你这上面的钩钩是变形的，这鞋就我们家的。我这里还有钩钩和背靠背在一块的，你还要不，算你便宜点。"

刘可以招架不住，连连摇头，向后撤退，结果撞上隔壁摊的衣服架子，多米诺骨牌倒了一地，他脸上烫红，赶紧捡衣服。女生在旁边笑弯了腰，捂着肚子，柔声道："哈哈，不买就不买，我又不会吃了你。"

刘可以回到家，在镜子前刷牙，刷着刷着偷偷乐起来，一开心，被牙膏沫呛个半死。

他确实不是人群中出挑的那种人，从小喜欢待在角落，被忽略是常态，就像一颗不会发光的星星，他不奢求有女生会喜欢他，即便青春期再难熬，也不敢虚张声势，只能在四下无人的夜里，无数次憧憬着一场宇宙百忙中安排的邂逅。

刘可以的帅哥修养之路刚入门，非常够义气的井晖，很快就带来了一个女朋友。

"是你啊。"女生的柔声很熟悉。

刘可以看着卖鞋的女生站在面前，一时间僵住不语，再看她跟井晖牵着手，更是满腹心酸。女生叫许玲珑，人如其名，整个人晶莹剔透的，她不只是夜市卖鞋的，整个镇上的假名牌鞋，都是她爸的工厂生产的，名副其实的假鞋公主。

"叫嫂子。"井晖对刘可以说。

刘可以一愣，努力撑出笑，眼睛眯成一条缝："嫂……嫂子！"

从此井晖来茶馆再也不带小弟了，永远牵着许玲珑。打麻将的时候，让许玲珑坐他腿上，刘可以站在他一米范围内，为此街坊们很不想跟他打牌，牌运好就算了，还配左右护法，打麻将不带这么有仪式感的。

井晖带着这左右护法吃香喝辣，踏平了小镇。有一天，神秘兮兮地说要带刘可以去洗澡，刘可以想着是以前同学口中的那种"大保健"，脸红耳赤了一路，到了澡堂才发现，是真实的洗澡。这是他第一次去公共澡堂，室内雾气缭绕，全是飘浮的肉，他全程用毛巾遮着重要部位，一路佝偻着身子，井晖打他屁股，都是男人害羞个什么劲儿啊。说着，抢过他的毛巾就跑，刘可以一边遮，一边追，追到了地方，才发现上了更大的当。两个大爷笑意盈盈地拿着搓澡巾，问他，搓澡呀小弟。

刘可以像是一根躺在烧烤架上的玉米，绝望地看着大爷往他身上浇了水，然后开始翻他。他全身僵硬，一副英勇就义的表情，隔壁床的井晖踹了他的床沿，正色道，一个人只有愿意抛弃内心无意义的耻辱感，才能享受到搓澡这种世界顶级服务。

刘可以感觉全身在燃烧，放弃抵抗，双眼一闭。

从澡堂出来，刘可以一言不发，像是刚从刑场侥幸逃出来，感觉以前的澡都白洗了。许玲珑听说他问搓澡大爷，能不能穿内裤，也忍不住笑他，这让刘可以更崩溃，头快埋到地里去了。井晖掐着他的脸，笑道："小孩你真是宝藏啊。"

那晚刘可以住在了井晖家。许玲珑在客厅看港剧，他跟井晖躺在地铺上听广播，音乐台的DJ声音慵懒，配着轻音乐，听得人昏昏欲睡。

见井晖正闭目养神，刘可以问他："你也不工作，每天就这么混日子啊？"

井晖没睁眼，语气不爽："收保护费就是我的工作啊，你以为容易，其实是大有学问的。跟电视剧里那些流氓可不一样，光靠肌肉文身，比谁声音大，没用的，要靠脑子，但凡靠脑子的工作，就够你辛苦一阵子了。"

刘可以听着入神，想了想说："不然我今后也跟你收保护费去吧。"

井晖推他脑袋："想啥呢，轮得到你吗？你得给我好好的。"

半夜，刘可以被尿胀醒，刚想从地铺爬起来，听到床上有动静，他不敢动，侧耳听，两个人在接吻。他重新躺好，侧了个身，用意念说服膀胱，再忍一忍，到天亮就好了。

那时的刘可以不懂爱情，以为是一张床，一个家，一次亲吻，但其实，心动才是。

每年临近年底，镇上的广场会放烟花，开场前一个小时，广场就挤满了人。井晖有一个私人专属位，往年就他一人，现在带着左右护法，三个人挤成一团，共享一个位子。不知为何，今年的烟花格外好看，好看到市里的人都来凑热闹了，刘可以几乎贴在许玲珑身上，还好冬天的衣服裤子厚实，免了尴尬，结果被后面的人一挤，鼻子直接嵌进她脖颈里，还非常不知好歹地深吸了一口，好像有奶味。

思绪飘飘然，突然脚上传来一阵强烈的痛感。

刘可以叫出了声，井晖借着烟花的光，看见他送给刘可以的那双假鞋上，被旁边的小伙留了一脚醒目的鞋印。井晖让那个小伙道歉，小伙瞥了眼身旁的女友，硬是没好气地仰着脖子，对着高他两个头的井晖撂下一个"你谁呀"的眼神。当然，迎来了井晖毫不客气的一拳头。伴着他女友的一声尖叫，以他们为圆心，一伙人推搡着莫名就打了起来。刘可以是被误拉到这场架里的，他原本全身心拒绝，直到看见许玲珑口吐芬芳，哈着白气，像个女魔头一般，见头发就扯，见裤裆就踹，英姿飒爽。刘可以眉头一皱，使出吃奶的劲，用力朝目标人物吐了口水。

两个人的打架变成群殴，众人打得不分你我，乱成一团。三人鼻青脸肿地从人堆里爬出来，互相认了脸，打算遁走，谁知那小伙眼尖，在人群里朝他们大吼一声，还是许玲珑反应快，拉住两人就跑。此时烟花已经燃放到尾声，各色火光长枪短炮地往天上堆，爆破声和人群的喊声混在一起，衬在三个正在路上狂奔的年轻人身上，像是一场流动的戏剧。

春节过完，刘可以要启程去天津了。刘大相老早就起床忙活，专程给他打包了啤酒鸭，让他在火车上吃。进站口排起长队，刘大相还在兴致勃勃地讲着老一辈哲学，刘可以抱了抱他，打断道："等我赚钱了回来看你。"

刘大相歪着眼："那估计要等到下辈子了。"

刘可以嘟起嘴："那么会杠，你这要是摆在麻将桌上，不知道已经开了几次花了。"

火车到站，广播催促乘客进站上车，刘可以向候车厅看了看，没等到井晖和许玲珑。也对，这个点，他们应该还在睡觉。与刘大相道别后，他转身进站，突然有人冲过来，套了件牛仔衣在他身上，他闻到了熟悉的古龙水味道。

井晖和许玲珑喘着气，看样子是跑来的。刘可以挥手作别，不留一点伤感的痕迹，大摇大摆进了站。在下铺坐定，心里痒痒的，摊开刘大相的啤酒鸭，满足地闻了闻味道。在饭盒底，压着一个信封，他深谙影视剧里这种熟悉的剧情，准备好眼泪，摊开信封，里面只有一张字条，刘大相用工整的字迹写着：没钱给你，过不下去了就回来。

他苦涩地一笑，看着窗外熟悉的风景渐次倒退，属于他的人生正式开始了。

到了天津之后，刘可以才知道这个所谓的房产销售，其实是在售楼中心打杂。那些成熟销售带客户来看房，他就送水送点心，客户签了房，他帮着去复印身份证、户口本。身份悬殊还体现在工装上，销售都有定做的西装套装，他只能穿白到廉价的衬衫，连领带都不配拥有。

井晖在QQ上问他的近况，他只说好的，也不知道在逞强什么。井晖一眼看穿他，说："小孩，如果有人欺负你，就跟我说。"

刘可以在聊天框输入："没人欺负我，是生活欺负我，你找他说理去啊。"又觉得矫情，删掉，重新输入："他们都喜欢我。"

井晖说："那就好，挺想你的，你没在我旁边，打麻将老输。"

他们这个销售团队的工作模式就像流水席，接到一个新盘，立刻萝卜填坑，直接007工作制，为了业绩一刻不松懈。可能是大家平时嘴皮子说干了，吃饭时特别安静，没人愿意传道授业解惑，刘可以只能自学。好在刘大相从小就教他认字，让他对文字向来敏感，基本找他复印过证件的客人，都能叫得出名字，加上整日混在售楼部里，销售们的话术都烂熟于心。他给每个销售都起了个代号，无聊的时候，脑子里就像放广播一样，1号今天说了什么，2号用了多少个祈使句。时间长了，取长补短，偶尔碰到售楼处繁忙，又有无预约的客人拜访，他便会上去招呼几句，哪知道他也就是这么几句招呼，碰上了一位当下就要付全款的客人，指定要买楼王。

刘可以正式成了销售，终于穿上定做的西装。这是他人生第一次穿西装，领带打法学了好久才勉强系上，他观察镜中的自己，特别想去井晖面前炫耀。也是穿着这套西装，他认识了小雪。

他和小雪是在快餐店认识的，两人拿错了餐，索性就同桌了。

一个汉堡啃完，小雪终于忍不住提醒："你领带系错了。"

在裹挟暧昧的气氛里，他们靠得很近，小雪帮他系领带，刘可以嘴巴忘记擦，还留着油，等他反应过来，胃里一顶，喝过的可乐冲出一个漂亮的嗝。太糗了，但这一切在小雪看来，竟然觉得可爱。

进下一个项目之前，刘可以讨来了个短暂的假期，恰逢镇上一年一度的桃花节，他决定带小雪回蓉城。他穿着西装回家，刘大相在茶馆给他办了个宴，狠宰了十只鸭子。街坊们麻将也不打了，送来白酒、卤味、凉拌菜，桌上堆满佳肴，颇有种衣锦还乡的意味。刘可以不会喝酒，一喝就断片，最多一杯啤酒的量，一点不夸张。他酒品不好，喝多了不睡，只会抱着人哭。井晖全程冷着脸，几次想要去扶他，被小雪抢了先。小雪说，他在天津压力其实挺大的，胃病很严重，做房产销售的，身上落下病根子是家常便饭。

有些孤独，不适合与他人说，最好是自己咽下，尝过了，也就不过如此了。

刘可以宿醉醒来，已是第二天中午。天气尚好，浮云疏淡，他约上井晖和许玲珑，带着小雪去山上看桃花。满山的粉嫩，花萼绽放，如分层轻柔的薄纱铺在枝丫上，两对情侣一前一后，保持着几米的距离，全程没什么互动。傍晚下了山，刘可以安排了镇上最贵的河鲜馆，点了笋壳鱼和江团，烤了一盘子生蚝，菜多到桌子放不下，四个人根本吃不完，最后打了包。

酒足饭饱，刘可以又提议上街，进了一家品牌店，随手套了一件夹克，他问井晖："好不好看？"

井晖插着兜，兴致索然："我送你的牛仔衣呢？"

"在天津啊。"刘可以说，"你挑一件吧，我送你。"

"不用。"

"你试试。"刘可以脱下外套，扔到井晖身上。

井晖摔下衣服："你他妈有病吧，钱是这么败的吗？出去了一趟以为自己毛就长齐了，瞧不上我们了是吧？你演给谁看啊！"

"我怎么演了，不是想对你好点吗！"刘可以情绪上来。

"不必了。"说着，井晖搂着许玲珑就走了。

刘可以很难过，跟井晖置气，不再联系他。天还未亮，刘大相把他从床上拽起来，颇为神秘地说要带他上山。两人绕着山路爬了许久，刘可以气喘吁吁，撑着膝盖让刘大相等等他，刘大相鄙夷道，就你这出息！

到了山顶，空气发甜，路人少，成片的桃树更加惹眼，中央的水塘边落满了粉红，其后的山坳，是一处公墓。

刘大相在公墓里穿行，边数着台阶边说："教你认认地方。"

"啥啊。"刘可以声音很轻，乖乖跟在后面。

"到了。"他们在一个还没有刻碑的墓前停下，刘大相说，"这风水不错吧，刚买的。咱们现在不比农村，死了都得烧，记住这个地儿，今后你可得给我埋好咯。"

刘可以全身心抗拒："哎哟忌讳！"

"说不得哦，你今后也会埋着啊，别弄得像只有我搞特例一样。"刘大相呛他。

刘可以懒得理会，一手插兜，假装看别处。

刘大相扶住他的肩膀，将他转了个向，薄云渐亮，清晨的镇子尽收眼底。刘大相说："你不用认什么故乡，你看这城市变化多快啊，这些街道和破房子不值得你惦记的，世界这么大，你去哪儿，哪儿就是家。但是，无论你现在长成什么模样，重要的人在这里，你就得回来看他们，不只人回来，心眼子也得跟着回来。"

刘可以放缓呼吸，望向天，眼眸流转，心里翻腾不止。

人生充满巨大的变数，一次对了，以为食到蜜糖，一次错了，往往是苦难的开始。开始的时候，我们目光如炬，如同子弹向目标飞驰，回过头才看清楚，其实目标早就瞄准了自己。

刘可以回到天津，老板跑路了，连同工资和欠他的提成都付之东流。他过了一段很沮丧的日子，才想起找工作，后续都不顺利，做不到几个月就走了。最落魄的时候，拎着鞋子清洁剂，在街上逢人就推销，一天下来，一瓶清洁剂都没卖出去，自尊耗光了。有一天过节，小雪说，她要回老家看她母亲，这一走，成了永诀，小雪删了他所有的联系方式，像一场预谋，再也没有出现。刘可以后知后觉，那天送她上车，竟然连个再见都没认真说。原来成人世界里的告别，多数最后都是人走茶凉，没有来日方长。

第二年秋天，刘可以接到街坊电话，说刘大相摔伤了。

刘大相在山上锻炼的时候，旧疾复发，右腿突然失了力气，还好山边有棵树挡住了他，才没有滚到山下去，不过腿脚一废，再也爬不了山，久站不得，大部分时间要坐轮椅。

为了照顾刘大相，刘可以回了蓉城。没找其他工作，接手了大相茶馆，好让刘大相能安分在他眼皮底下，不至于又伤筋动骨。刘大相心里有愧，脸上云淡风轻，假装不经意地问他："不委屈吧？"

刘可以笑笑，上手揉了揉他硬如鱼刺的头发。

他找了井晖。见面那天，特意穿着那件牛仔衣。井晖见着他，粲然一笑，露出标志性的虎牙。

井晖弯下腰，整理刘可以的衣角，低声埋怨："衣服掖着了也不把它理理好，怎么还像个小孩一样。"

"不小了，咱俩都快一样高了。"刘可以嘚瑟道，"我这还在生长发育呢。"

两人好像又回到了刚认识那会儿，在大相茶馆里赢保护费，吃垃圾食品，坐三轮车在街上闲逛。走累了，他们随处找了个台阶坐下，井晖掏出一根烟，点燃，放进嘴吸了一口，立刻回魂了。

"我怎么不知道你抽烟的。"刘可以问。

"你不知道的多着呢，"他吞云吐雾道，"只是以前不在你面前抽。"

"那现在怎么又抽了？"

"我乐意。"井晖喷了口烟。

刘可以扑扇了几下，低头看着水泥地，悻悻道："你跟许玲珑还好吗？"

"快分了吧。"他直截了当，"我觉得她不爱我了。"

刘可以脸色一沉："怎么了？"

"没怎么，就是没什么激情了。床上跟死鱼一样，平时看我的眼神也变了。可能觉得这样的生活过腻了吧。"

"说话要负责任的啊，你又不是她，你怎么知道。女孩子的心思很难猜的。"

"我很矫情地问过她，什么时候把结婚证扯了，她说天气预报要降温了。如果你问一个问题，对方答非所问，就不用再问第二遍了，因为对方已经回答了你。"井晖张开嘴，哈了口气，一团若隐若现的烟圈荡漾在空中。

刘可以直起身，伸手想去抓，井晖笑称："跟个小猫一样，抓蝴蝶呢。"

刘可以啧啧两声，抢过他的烟，吸了一口，呛得眼泪直飙。

井晖笑了笑："小孩，我管不了别人，你反正要听话，把日子过好了。"

刘可以神色黯然下来："你也是，现在这个世界上，除了刘大相，你就是我最重要的人了，我也一无所有了。"

井晖拍了拍他的肩，目光灼灼地看向远方，刘可以回看他，他的眼神中，似乎有星辰大海，也有高蹿的火苗，只是带着一些沮丧，掺着成人的难堪。

临近腊月，井晖生日，他们在大相茶馆庆生。刘可以说要给他个惊喜，独自在后厨忙前忙后，还故作神秘地切了电源。等灯一开，桌上摆满了菜，全是刘可以做的，中间还有盘啤酒鸭，卖相上看不输刘大相。刘可以说耳濡目染这么多年，也该他露一手了。

井晖迫不及待咬下一口鸭子，连连惊叹，虽说有点过分捧场的嫌疑，但的确好吃，鸭肉软糯，啤酒的香味恰到好处，一点不苦，辣度也适中。刘可以还加了棕糖和豇豆、酸萝卜，酸甜辣齐冲味蕾，欲罢不能。

上头的井晖提议让刘可以开个餐馆，刘可以说他就想做销售，没钱搞餐饮，井晖拍桌："哥给你凑。"

刘大相打枪："小子，你知道开店要多少钱吗？"

井晖说："我整天收保护费能不知道吗？起码二十万。"

一听这数字，刘可以直接回避话题，闷头吃饭。

饭毕，许玲珑在厨房洗碗，刘可以进来帮他。两人各自劳动，没人说话，直到不小心拿起同一个碗，互触手背，才有一搭没一搭地聊了几句。

"还会走吗？"许玲珑问他。

刘可以顿了顿，回道："暂时不会了吧。"

许玲珑点点头，关上水，往水槽里甩了甩盘子。

"总觉得我们还没有好好认识过。"刘可以说完，觉得尴尬，又重新打开水龙头，想让水流的声音大些。

"你是个好人，刚认识那会儿我就知道了。"许玲珑微笑道。

刘可以回了个笑，接着问："最近还好吗？"

"别问，问就是不太好。"许玲珑的声音很轻，"我爸的鞋厂关了，我也没干夜市了，井晖应该跟你说了我俩的事吧，你不懂，一双鞋合不合适，只有脚知道。"

"那你们……会分开吗？"刘可以问。

许玲珑不置可否地笑了笑："井晖其实挺好的，或许他这些年患得患失的，对每个人都那么用力，只是因为自己太不自信了。他有跟你提过他爸吗？"

刘可以摇摇头，想起这些年的相处，井晖很少提及自己的家庭。

"他是私生子，他爸在他很小的时候，搞非法集资，金额挺大的，现在还关在里面呢。他是在街上吃百家饭长大的，今天这个大哥给他喂口饭，明天又等着别人施舍一件衣裳，他一直觉得这个世界与他无关，像他这样的人，不配拥有幸福吧。"

刘可以听着水流声，陷入沉思。

屋外，井晖在擦桌子，刘大相拄着拐杖坐在轮椅上，双眼直勾勾地盯着井晖。

井晖瞥到他，吓到了："您这啥眼神啊。"

刘大相压着嗓子，幽幽地说："刘可以没爹妈，没朋友，更别说哥了，你得给我照顾好他，别带坏了。"

井晖扬扬下巴："这您放心，一辈子兄弟。"

"缺保护费了管我要。"刘大相说。

井晖一笑，假模假式地敬了个礼。

收拾完，刘大相起了兴致，说要三个年轻人陪他打一次麻将。

他常说："这麻将就像接下来的人生，你不知道你拿到的是什么牌。"

牌桌上，赢的标准，是成胡。刘大相翻起十三张起手牌，熟练地码好，说："打麻将的最佳策略，就是按照给你的牌来计划策略，拿到手的牌，只能整合，不能改变。不是每把牌都适合做大，一心想着要大，结果最后连个烂胡也成不了。"

井晖出错了牌，想收回，刘大相拍他手背："落子无悔，丢了的牌就丢了，看你手上有的。"

一圈结束，井晖自摸三家，刘可以抱怨道："我早就听牌了，一直在等五筒。"

刘大相举着自己牌里的一张五筒，嗔怪道："以为差一张牌就是人生赢家了啊？你胡五筒，别人胡三六九，死死盯着一张牌，先把自己的路堵死了，不要只给自己胡一张五筒的机会啊。"

终于，刘可以胡了一局，沾沾自喜。

刘大相说："你这是运气好。"

刘可以拍桌："刘大相你承认我技术好就这么难哦。"

"牌桌上，运气比技术重要。"刘大相看着他，眼睛一眨，褶子深几许。

几圈过后，刘大相睡意来袭，先上去了。凌晨，刘可以回到家，身子疲软，懒得洗澡，匆匆刷了牙就往床上躺，手舒服地嵌进枕头里，摸到一个信封。他捏了捏，里面有一张银行卡。附上的字条写着：你技术是好，哪儿都不去，去了我锻炼的山上，但我运气更好，养了你这么个乖孙。

刘可以做了个梦，梦到镇上通往街口的那条路，路翻修得很宽，曾经这里只要下暴雨，就会变成鱼塘。路面一直延伸到山脚，分叉成两条，一条是通往家的路，一条沿着山北去。突然电闪雷鸣，天降大雨，刘大相出现在那个山脚的分叉口，拿着红色的塑料桶，正在挖泥鳅，满盆子泥鳅蠕动，土腥味刺鼻。梦里他是上帝视角，他能看见自己，在旁边的泥地里打滚。

从梦中惊醒，外面天光明媚，光线顺着窗帘缝钻进来，他定了定神，打开手机，许玲珑发来短信，说她有个同学聚会，井晖不在，能不能陪她去一趟。印象中，这是许玲珑第一次跟他私下联系。当初刚有她号码，备注上"嫂子"，就一直安分地躺在通讯录里，她所有的近况，也都是从井晖那里听来的。他们之间有壁，推不开，也不能推。

刘可以也不知道为什么要答应许玲珑，特意洗了澡，剃了胡子，选了件最有档次的厚外套，准时赴约。说是同学聚会，到了大排档，漫天酒气，像是置身混子集中营，一群已经喝得五迷三道的男男女女，一口一个爹妈地问候着。其中有个穿花毛衣的寸头男，好像跟许玲珑熟识，上来就搭着她问东问西，许玲珑一脸冷淡，话不投机，拽着刘可以坐在一旁吃烧烤。男人放了瓶啤酒在他们桌上，嚷着让刘可以干了，刘可以推不过，正想喝，许玲珑砸了酒瓶，说，别逼他，然后起了一瓶新的，仰头就对着瓶口灌了下去。

聚会结束，许玲珑喝多了，非说自己不用扶，可以走直线，结果走了个圆，回到刘可以面前就吐了。刘可以把她送去井晖家，到

234

了楼下，正拨着井晖的电话，许玲珑身子一软想往地上躺，他只能单手把她扛起来。许玲珑呜咽着，双手挂在刘可以脖子上，抱住他嘤嘤哭了起来。刘可以全身像过了电，任由许玲珑抱着，脖颈的奶味传来，刘可以心里像是有无数只蚂蚁在爬，他盖上手机，搂住她，轻轻拍着她的后背。半晌，两人终于分开，此刻井晖正举着手机站在他们身后，隐在路灯后面，模糊了表情，像是剧幕中段等待上场的配角。

刘可以想解释，刚碰上井晖的手臂，就被他一拳正中鼻梁，疼得眼睛泛酸，泪和血混着淌了下来。他擦擦鼻子，跳到井晖背上，直接把他压倒在地，两人又互相送了对方几拳。不远处的许玲珑呈半跪的姿势扶着花坛，醉得根本无力劝架，踉跄两步便瘫在了地上。

这夜过后，蓉城接连暴雨。刘可以脸上都是伤，不敢回家，借口接待前同事，在市里的青年旅舍住了几天。他给井晖打过电话，提示对方关机，想写短信解释，很多话到嘴边，瞬间就没了立场。那几天他过得很煎熬，像做错事的小孩，关在狭小的房间里，无处可去。直到刘大相打来电话，电话里，他声音很急，说茶馆出事了。

派出所接到报案，大相茶馆涉嫌赌博，当天来了好几个警察，刘大相和茶馆里的客人直接被带走。刘可以回到镇上，等来的消息是经调查属实，刘大相为赌博提供条件，被判拘留五日。随后三五个警察上茶馆搬空了麻将桌，说是依照法定程序进行没收。

刘可以拦住其中一位警察，问："你们查清楚了吗？"

警察反问他："要不你上派出所问问去？"

街坊们围在茶馆外，议论纷纷，都说刘大相是好人，几个办案的民警充耳不闻，利索地将所有麻将桌捆上车，拉上卷闸门。大相茶馆的招牌被撤下时，刘可以上前阻拦，街坊们也一哄而上，民警一叉腰，露出配枪，众人就安静了。只见最后一个民警拿出封条，对街坊们说："从今天开始，这家麻馆就封了，责令关闭，你们谁敢阻挠，就是妨碍公务。"

在派出所拘留的第三天，刘大相因高血压进了医院。腿上的顽疾复发之后，他停了锻炼，到了这年纪，摧枯拉朽，大小病盘根错节地牢牢缠上了他。刘可以一个人在医院照顾刘大相，刘大相没日没夜地昏睡，模样又老了许多，手背的皱纹如刀痕，摸上去柴柴的，手心沁凉，一滴汗都没有。刘可以有些自责，这些年向外跑，只在意自己的情绪，对陌生人微笑，冷脸都给了家里人，对刘大相的关注好像太少了。

刘可以累了几天，终于回家洗了个澡，早早就睡了。清晨五点，被敲门声吵醒。他跑到茶馆门口，推开人群，看见靠在卷闸门前的刘大相，穿着件单薄的内衣，身体已经冰凉，手里捏着撕了一半的封条。

刘大相的葬礼是在医院办的，隔了个区域当灵堂，街坊们都来帮忙，尽数表了礼。刘可以戴着黑袖章，一脸平静，身子空荡荡的，三魂七魄被抽了去。井晖不在，许玲珑倒是来了，待人群散去，她来到刘可以身边，欲语还休，刘可以看了她一眼，她一个没忍住，眼泪终于啪嗒啪嗒掉，瘪起嘴，泪眼模糊地告诉他："上次聚会让你喝酒的那个男的，是我爸安排的相亲对象，他来蓉城非要见我。我本来是想让井晖去的，可是我们刚吵了架，是我太自以为是，让你去撑场面……结果那个男的误会了，找人去茶馆，跟你爷说是你的朋友，赌了几天，最后贼喊捉贼，报了案……对不起。"

刘大相火化那天，蓉城下了雪，刘可以没想到第一次看到真实的雪，是在这样的场合。细密的雪花飘落，火化场的外墙渐渐铺成纯白，哀乐响起，刘大相被缓缓推进焚化炉。刘可以没有哭，他只是觉得好笑，怎么火化的时候还能有配乐呢。他独自在屋内等了一会儿，工作人员递给他一个陶瓷骨灰盒，他接过来，轻轻摸了摸，真诚发问："我爷就在这里面？"

工作人员一愣，点点头。

有好心的街坊想陪他上山，刘可以执意要自己一个人去。白雪飘扬，银霜遍地，山和天已混成一片昏暗的白，他抱着骨灰盒，艰难地迈着步子，上山的路，都是他从小跟刘大相一起踩过的。路过那个刘大相捡他的亭子，檐上堆满了雪，刘可以停驻片刻，树上的雪团子掉进大衣领子里，他像被电了一下，冷得刺痛，下意识用棉衣罩住骨灰盒，怕刘大相冻着。

到了墓地，值班的大爷帮他下葬，安顿好刘大相。大爷好心给了他一把伞，他没接，只是伸开手，雪越下越大，成团的雪花拥抱在一起，落在棉衣袖子上，像是刘大相倒入锅内的一勺盐巴，他舔了舔，怎么不是咸的呢。

"它为什么不咸啊?"刘可以带着哭腔问大爷,心底的裂缝终于被扯开,堆积了好几天的悲伤,再也撑不住,眼泪夺框而出,大颗大颗地掉。

从此以后,春天,没有人带他上山走田间小路了;夏天,没人带他听早蝉,教他认生字;秋天,没人带他收集黄叶,走街串巷;冬天,没人给他织一件新的毛衣,捏着他的小脸,糯糯地说,乖孙。

他们期待的那场雪来了,可是,刘可以再也没有爷爷了。

刘可以开始喝酒了,一杯就断的本事,成了赏赐,所有的悲伤,只要一杯酒,就全都忘了,第二天一清醒,再接着喝。

他穿着井晖送他的那件牛仔衣,坐在空调充足的烤肉店里,今天破了纪录,三罐啤酒,依然坚挺,仰头又是一口。包厢出来一伙人,浑身酒气,许玲珑的那个相亲对象也在,他喝得醉醺醺的,在门口跟众人道别后,独自离开。刘可以用仅存的理智,艰难地爬出座位,跟了出去,屋外的冷风一吹,他的记忆就变成断续的画面。他看到了井晖,看到他换了自己的牛仔衣,上面有血,看到他用石头疯狂往男人的脑袋上砸,男人倒在草丛里,脸上血肉模糊,已经没了呼吸。

这夜,刘可以和井晖被带去派出所做笔录,两人分在不同的房间,刘可以醉意未消,视界都是扭曲的幻象。想揉眼,一抬手,被手铐勒紧,他才开始害怕。

"再问你一次,"民警举着一张照片问,"你认识被害人吗?"

刘可以抬眼,眼神重新聚焦,用力摇了摇头。

民警又拿了张照片，上面是穿着牛仔衣的井晖："有人看到嫌疑人穿着这件衣服与被害人发生争执，你知道他与被害人是情敌关系吗？"

刘可以看向别处，呢喃道："知道。"

民警问："案发当时你为什么在现场？"

刘可以不说话了，脑袋钝痛，他觉得有些缺氧。

"案发当时你为什么在现场？"民警提高音量。

刘可以深呼吸，缓缓道："我喝多了，我什么都不记得。"

审讯室里有一股厚重的铅味，光线昏暗，刘可以闭上眼，伴随着耳边的嘶鸣，思绪飘了老远，身子悠悠的，像是刚从滚烫的汤泉里出来，他好困，盼望着能有一场好眠。

后来，刘可以忘记了很多事，他觉得是酒精上脑的缘故，只记得那是镇上入冬后最冷的一天，法院终审判决，井晖因为义愤误杀他人，判处有期徒刑十年。有一天，刘可以收到了那件牛仔衣，上面的血渍洗不掉，还是留了点浅褐色的印子。大相茶馆前，有人在卷闸门前放了花，好几朵已经谢了，微风一卷，发黄的花瓣舞起来，尽是沧桑。

刘可以双手插兜，在茶馆门前驻足许久，没人知道他在想什么。

时间快进到十年后，车停在蓉都大道的监狱门口。

刘可以坐在车内，孩子因路上太兴奋，此时已经酣然睡去。

监狱的大门缓缓打开，刘可以下车，习惯性整理了一下牛仔外套。这个念想他等了十年，盼了十年，他告诉自己，只要十年一过，他就可以接井晖出狱了。

门内出来一个中年男子，刘可以慌忙埋下头，男子越走越近，从他身边路过，与接他的亲属们相认。他不是井晖。妻子下车，陪他站了一会儿，直到监狱的大门又重新关上。妻子向前张望,问:"要去问问民警吗?"侧眼回看刘可以时，他已经眼泪如注。

大脑还算温柔，懂得自我保护，有些不想被提起的记忆，就被我们选择性遗忘，永远不想承认。可是时间这个包治百病的庸医，总会让缺失的记忆，变成一个隐形的伤口，你不知道哪一天，可能就因为一首歌，一个味道，一句话，只要摸到了，就会感觉痛。

刘大相走了之后，刘可以成日泡在酒精里，即便在外面喝得不省人事，第二天也能躺回家，他以为是自己走回去的，其实都是井晖默默跟在他身后，在每个失眠的长夜里，把他扛回去的。

包括那天在烤肉馆，井晖也默默坐在角落，陪着他隔空喝了几杯。

井晖被羁押后，刘可以茶饭不思，有做律师的街坊告诉他，如果井晖是误杀，他可以帮忙，争取十年有期徒刑。他抱持着十年的念想，以为看到希望，直到派出所传来消息，他们在垃圾厂找到了杀害被害人的凶器，那把刀上的指纹，显示是井晖的。

刘可以瞠目结舌，他不住地敲着头，思前想后，为什么会有刀。

断续的记忆里，刘可以忘记了一个画面。烤肉店里，相亲男从包厢出来，刘可以醉醺醺地从座位上跟着爬起来，转身去了厨房，趁着无人的空当，藏了把刀在牛仔衣里。他尾随男人来到一条小道上，四下没有路灯，一个趔趄，一屁股摔在地上，被男人发现了。他索性直接上前对峙，但他根本站不稳，男人借势扶着他，看笑话一般，在他耳边狂言道："刘大相的葬礼，我可是给了份子钱的。"

就这一句话，刘可以身子一热，手不受控制，将一直捏在内兜里的刀刺进了男人腹部，不等他挣扎，拔出来，又向深处刺了一刀。

男人很快泄了力，失去支点的两人一齐倒地。刘可以控制不住思绪，眼皮沉重，闭眼前，好像看到了井晖。

律师发来信息，如果刀是井晖事先准备的，那就是故意杀人，重则死刑，轻则无期。

那一夜，刘可以没睡，瞪着眼睛望着天花板，脑中的画面像跑马灯，陪着墙上摇晃的树影忽闪着。次日，他站在派出所门口，驼着背，帽檐压得很低，看不清表情。正想进去，接到律师的电话，井晖对故意杀害被害人一事供认不讳，昨天夜里，在看守所用被单拧成了绳，自缢身亡。

有一件遗物，是他托人带给刘可以的。那件牛仔衣上面有血，脏是脏了点，深深地闻，还是能闻到若隐若现的古龙水的味道。

刘可以撕心裂肺地哭，耳朵里尽是那晚井晖的声音。

"我就问你还记得什么！"井晖拍着刘可以的脸，试图让他清醒。

"不……井晖我不想……喝酒了……我难受……"刘可以醉得糊涂，嘴里呜咽不成句。

"对，你只要告诉他们，你喝多了，你什么都不知道，你只记得我身上有血，记得我用石头砸他。"

刘可以大口喘着气，浑身无力，扶住井晖，看见自己手上沾着血。

井晖用衣服帮他擦掉，握着他的手，语气颤抖："你别怕，过段时间我就回来找你，说好要给你开馆子，吃你做的菜，天天吃……"

刘可以鼻子发酸，胸腔挤得难受，一张嘴，哭了出来。

井晖捂住他的嘴，两人面对面靠得很近，他能感觉到井晖急促的呼吸声。

"嘘……没事啊，你别哭，不会有事的……我答应过刘大相，要照顾好你的……可是……"说着说着，他也哭了，带着哭腔哀求着，"小孩，抱抱我，我真的太寂寞了。"

刘可以抱住他，两人就这么一直哭，一直哭，哭到后面没了力气。

井晖说，你得给我好好的。

井晖说，从今天开始，你就是我亲弟。

井晖说，真的挺想你的。

但井晖从未说，我的生活已经够烂了，我并不快乐，也需要保护，想要有一个人，也能想念我。

离开都是悄无声息的，忘记也是后知后觉。究其一生，我们要做的只有一件事，就是在那么多繁杂伤人纠缠的际遇里，放过自己。

后来的时间，过得太快，已经有别人叫刘可以"哥"了，住过的老街翻新，茶馆的铺面也早拆了，广场不能再燃放烟花，山上的农田被填了，修满了漂亮的步道，街口的理发店换成了奶茶店，年轻的孩子都在不厌其烦地排队。城市万千变化，只有过往的人，才是怀念的坐标。

刘可以在网上看到有段话，颇为感触：如果每个人都是一颗小星球，你就是身边的暗物质。我愿能再见你，我知我再见不到你。但你的引力仍在。我感激我们的光锥曾彼此重叠，而你永远改变了我的星轨。纵使再不能相见，你仍是我所在的星系未曾分崩离析的原因，是我宇宙之网的永恒组成。

这些年入梦，他总能回到大相茶馆，自己还是个刚成人的愣头青，他和许玲珑一左一右站在井晖身边，刘大相推倒麻将，大声呵斥："兔崽子，你们狗屎运怎么这么好？"

后厨的啤酒鸭闷在锅里，盖子上"突突"冒着气，老远就能闻到香味。

他想就这样停留在那时，成为无数次永恒的此刻。

Chapter09

相遇时

有烟火

建议阅读前八篇故事后
再进入此终篇故事

"不期而遇"是个美好的词，相遇若早，叫青春，若迟，叫余生，最好的遇见，就是从青春开始，走向余生。

野兽小姐和玫瑰先生的相遇，始于他们六年级那一年的春节。除夕夜，地上天上满是烟火，野兽小姐穿着盼了许久的新裙子，打着哆嗦，在学校外招摇过市，不巧被一枚炮仗正中裙尾，随着礼花在裙边滋滋地冒烟，裙子破了个洞。烟雾缭绕之下，野兽小姐看清了那个炸她裙子的罪魁祸首，戴着近视眼镜的玫瑰先生。玫瑰先生一脸事不关己，水汪汪的眼睛向她瞅了瞅，潇潇洒洒地转身走了。

野兽小姐哇的一声就哭了。那时她年纪小，执意认为，能填裙子上这个洞的人，只有玫瑰先生。他们不在一个班，野兽小姐就怒刷存在感，只要玫瑰先生在食堂吃饭，一抬眼，她一定坐在不远处阴森森地盯着他；玫瑰先生下楼打水，她站在开水房门口盯着他；下课去厕所，野兽小姐在男厕门口盯着他，吓得他尿意全无。

终于有一天，玫瑰先生忍不住问："你到底要干什么？"

野兽小姐支吾半天，说："我要你道歉。"

玫瑰先生说："哦，对不起。"

然后就没有然后了。

野兽小姐陷入惆怅，道歉意味着他们仅有的互动到此结束，她好难过，原来自己并不只想要一个道歉，那个破了洞的岂止是裙子，更是已经裹满蜜糖的少女心事。

中学那会儿，英语是野兽小姐的软肋，软到什么程度呢？老师抽她上讲台听写英语单词，一顿连蒙带猜写满了整面黑板，她问老师成绩如何。

老师比了个五，野兽小姐眉开眼笑，与老师击了个掌："不会吧，全对吗？"

老师转手敲她头："对了五个！"

长久以往，恨的极致就是爱，野兽小姐对英文好的人失去了抵抗力。中学的每个班上都有一台电视，除了每晚播央视新闻，还会直播学校的各种大小活动。这天电视转播着正在阶梯教室进行的歌唱比赛，野兽小姐突然直起身，她看见玫瑰先生出现在电视上，抹满发油的头发闪着光，腮红配合雪白的粉底，他被打扮得像是香港僵尸片里的小鬼，谁知开口跪，唱的还是 *Lemon Tree*。野兽小姐徜徉在他的低音炮里，苏到不行的英文发音，让她心中火苗四窜，似乎置身荒野，天空中燃起各色烟火。

比赛结束后，野兽小姐多方勘查玫瑰先生的喜好、生日、星座、血型，翻遍了心理测试书，一定要找到说他们最适配的那本才罢休。上学有了动力，课间操成了奖励，一天的意义，取决于看到了他几次。

偷偷喜欢一个人太美妙了，黯然无光，却又色彩斑斓，有日出黄昏，有盈亏，有四季。

玫瑰先生生日这天，野兽小姐强行送了他一盘艾薇儿的磁带。玫瑰先生对她总是冷冷的，只可远观，不可采撷，有刺。磁带在家放了三天，玫瑰先生终于想起拿出来听，结果里面的歌全部被步步高洗掉，录成了野兽小姐自己唱的。

惨绝人寰的英文发音，魔音穿脑，玫瑰先生做了好几晚的噩梦。

安静了几天，野兽小姐在一个转角，碰到迎面走来的玫瑰先生，她挺起胸膛，准备打一个不经意的招呼，结果玫瑰先生连眼神都不给她，直接路过。野兽小姐拉了拉书包肩带，扬着下巴强装不屑。等玫瑰先生转过墙角，野兽小姐泄了气，懊丧地连捶水泥墙，手疼。她偷偷从墙角伸头看，迎上同样偷看的玫瑰先生，脑门正巧撞在他胸口，两人尴尬地弹开，面面相觑，所有语言都失去了立场。

有些人喜欢谁，故意就出现在他面前，也有人喜欢谁，故意不和她说话。

他们的暧昧，就是走路，没目的地走，光脚在柏油马路上走，大暴走，如果那个时候就有可以靠步数赚钱的App，他们应该可以成为富翁。

野兽小姐大学在蓉城本地上的，学的广告策划。玫瑰先生是重本苗子，所有人都以为他的第一志愿是在北京的，放榜那天，才知道玫瑰先生留在了蓉城。

野兽小姐问他为什么，她等着自己心里的那个回答。

玫瑰先生说："北京太远了，不喜欢坐火车。"

"那你坐飞机啊。"野兽小姐说。

"我恐高。"他答。

这朵玫瑰真的不太好摘。

野兽小姐和玫瑰先生的学校分隔在城市两头，只有周末，他们才能互串到对方的学校见上面，四舍五入也算半个异地恋。上了大学的野兽小姐，美商开了窍，会打扮了，出落得引人注目，好几个男生都向她抛出爱的橄榄枝，即便如此，也没激起玫瑰先生半点战斗欲。他越是对野兽小姐绝对信任，就越让野兽小姐在他的温柔陷阱里抽不开身，完全被他吃得死死的。野兽小姐没事儿的时候，就翻他们这些年的聊天记录，玫瑰先生是省话典型，能用表情包回复的，绝不会多打一个字，从来不说"想你"，只会问"干吗呢"。所以他们的聊天页面，经常是以玫瑰先生的"干吗呢"开场，然后以几回合斗图结束。玫瑰先生倒也不是完全不懂浪漫，毕竟送给她最贵重的礼物，是他外公留下的长命锁，就是那种得用双手捧着，晃起来叮叮当当的民族风银制大锁，野兽小姐不知道该笑还是该哭。她也是后来才知道，玫瑰先生从小跟着外公长大，这把锁对他而言意义非凡。

他们的约会，多数都在KTV里，野兽小姐输出全靠吼，酷爱唱大歌，几首下来嗓子就劈了，然后就变成玫瑰先生的演唱会，她有一个"一生必听男友的百大金句"歌单，让玫瑰先生一唱就是一下午。每学期期末是他们难得安静的时候，图书馆里他们面对面坐着，野兽小姐时常走神，偷偷瞄玫瑰先生，玫瑰先生用中指把眼镜推到鼻梁上，手势流畅轻巧，像极了文艺片里的某一个定帧。野兽小姐轻叹，什么好看的皮囊和有趣的灵魂，皮囊好看才是最大的有趣。

一个期末过后，再次与玫瑰先生见面，他戴着墨镜，刚做完近视眼手术。野兽小姐崩溃，和他大吵了一架，责怪他这么大的事竟然不商量，情绪上头，大喊分手。

玫瑰先生傻了："你说什么？"

"我说我要跟你分手，听不懂中文吗？"野兽小姐吼着。

玫瑰先生摇摇头："听不懂。"

"OK, I want to break up with you."野兽小姐飙出一口流利的英语。

"OK, how are you？"玫瑰先生问。

野兽小姐脱口而出："Fine, thank you , and you？"然后自己气笑了。

年轻气盛的我们都一样，没有被教过如何去爱，在相处中慢慢摸索，犹如一场探戈，你进一步我退一步，互相探寻对方的雷区，将全部的自己一点一点交付给对方。

大四的毕业旅行，他们去了新疆喀纳斯，返程的最后一日，他们爬到观鱼台脚下，看一场日落。太阳渐渐下沉，掉进远处喀纳斯湖里，像是被传说中的湖怪一口侵吞。野兽小姐感叹，时间好快啊，一天又要结束了。玫瑰先生突然拽着她绕着梯子爬上二层，他们又看到了半颗太阳，半分钟后，太阳又落下，他们继续往上爬，每停留一次，就多看一眼日落。两人气喘吁吁地到达顶层，在太阳最后消失之前，玫瑰先生吻了野兽小姐。

那些日常中看似平淡的火花，其实都是玫瑰先生藏起的告白，我想和你随处拥吻，淋雨看海，在冬天吃冰激凌，收集四十四次日落，永远年轻，永远愤怒，也永远柔软。

进入社会，野兽小姐成了工作狂，在广告公司混得风生水起，玫瑰先生在唱片公司做企划，相对轻松，时间可控。两人在工作上有了时差，脾气就带到生活里。吵得最厉害的那次，玫瑰先生用一个寻宝游戏救场，在野兽小姐的气垫粉底里塞了一张字条，只要她补妆就能看见。下个线索在报刊亭的杂志架上，再到她下班后的必经路线，最后的谜底，玫瑰先生在出租屋附近的花店里，一株彩虹玫瑰上，藏了一枚戒指。那是他们相遇的第十五年，玫瑰先生决定向她求婚。

那天玫瑰先生在花店旁潜伏了许久，也没等到野兽小姐。最后还是野兽小姐打来电话，问他怎么不在家。

不知道谁拿走了杂志架上的字条，也不知道是谁买走了那朵玫瑰。

他们几乎掏空了花店，也没有找到那枚戒指，野兽小姐回家后哭了鼻子，金牛座的重点不是错失了求婚，而是那枚戒指真的很贵。

玫瑰先生急中生智，取下柜子上外公的长命锁，递给她，言简意赅地问："愿不愿意？"

野兽小姐挂着泪："什么愿不愿意，你就不能多说两句。"

玫瑰先生单膝跪地，说："我不知道什么是爱，但我知道，这辈子如果非要有那么一个人，那个人就一定得是你。愿不愿意……嫁给我？"

野兽小姐听完，哭着抱住长命锁，转而大笑："这本来就是我的！"

真正的爱情，一辈子或许只有一次，有时太早，有时太迟，有时把感动误以为爱情，有时以为爱情只靠一个人就可以，有时轰轰烈烈朝生暮死，其实都是在为最爱蓄力，等待一场宇宙百忙中安排的邂逅。

在野兽小姐和玫瑰先生共同的二十七岁，他们成为了合法夫妻。婚后，不可免俗地要规划家庭开支。玫瑰先生原本有一辆重机摩托车，后来因故报废了，两人原本讨论买新的代步工具，最后一拍脑门，贷款在郊区买了房，虽然上班远了点，但有了真正意义上的家，心就定了。他们从家具市场扛回中古家具，在墙上挂满装饰画，每个空间都要放上檀香木、雪松和小豆蔻混合的木质香氛。年纪渐长，这些仪式感用来证明自己的存在与被爱。

他们每天还有一个拥抱仪式，站在客厅中央，不用说话，就这么静静相拥着。玫瑰先生的下巴搁在野兽小姐的头上，一只手揽住她的背，另一只手缓缓地抚摸她的头发。玫瑰小姐贴在他怀里，耳朵正好靠近心脏，听着他厚重而有力的心跳，那是她到过的，最安全的地方。

新家的第一顿饭，野兽小姐特意请了半天假，买好菜，打算为玫瑰先生做一顿爱心晚餐。在这之前，她的拿手菜只有泡方便面、煮螺蛳粉与打开外卖软件。野兽小姐从网上找来食谱，有样学样地做了四道菜，土豆烧牛肉、西红柿炒鸡蛋、糖醋排骨和清蒸鱼。处理那条鱼的时候，差点恶心吐了。

她信心满满地等到食客下班，玫瑰先生咬下第一口排骨，眉头微皱，野兽小姐瞪着圆滚滚的眼睛望着他，他吧唧嘴，连连称赞，真好吃。接下来是没有蒸熟的清蒸鱼、齁甜的西红柿炒鸡蛋，还有变质的土豆烧牛肉，玫瑰先生靠着自己奥斯卡级别的演技，打动了野兽小姐，她自己也吃得很开心，全然没觉得有任何问题。终于，夫妻情深，两人一起食物中毒进了医院。

除了这种啼笑皆非的滑稽场面，他们大部分的婚后生活还是和谐的。早晨被双方间隔十分钟的闹钟连环喊醒，刷牙洗脸步调一致，咬着吐司出门上班。他们在不同的地铁站下车，换乘去各自公司的路线，即便早高峰的车厢内人满为患，他们也会在分别前，努力给彼此一个确定的眼神。那是约定，约定再努力一点，下一年就买车，再几年，一定过上更好的生活。

生活就是一张不具名的彩券，随时被当头一棒，或许都是命运的神祇在彼此斗争，而凡人皆是他们的棋子。一段时间后，野兽小姐总是头疼,明显感觉记忆力变差,不确定关没关门,准备去做的事,转眼又忘记。

她问玫瑰先生:"我不会老年痴呆了吧?"

本以为是玩笑,结果一语成谶。某天惯常的下班路线,她从一号线的车厢出来,忽然愣在来往的人流中,迈不出步子,她脑子一片空白,忘记接下来要转几号线。

去医院检查后,医生给他们的结论是:早发性阿尔茨海默症。

野兽小姐崩溃了:"怎么可能,我才三十多岁啊。"

医生说:"这种情况很罕见,但近年年轻人患上此病的确是个趋势,可能跟遗传,或者脑部损伤有关系。"

野兽小姐受了伤,回到洞中独自舔舐伤口,玫瑰先生再也看不到她平日里张牙舞爪的样子了。早晨闹钟响起之前,野兽小姐就已经坐在床边,望着窗外的风景发呆。不再有早安吻,不再有属于情人的眼神,连最重要的拥抱仪式她也放弃了,玫瑰先生用尽浑身解数也无法让她开心,只会被决绝地推开。

野兽小姐就像是失去生命活力的木偶,置放在家中,静止了。

玫瑰先生从床上醒来,野兽小姐不在,屋里也不见踪影。他慌得套上衣服准备出门,野兽小姐从屋外回来,拎着买好的早餐,手里抱着一摞各种样式的笔记本。

她说:"我想通了,生活还是要继续,如果不可避免会忘记,那就写下来。"

玫瑰先生看着她，不发一言。野兽小姐来到他面前，踮起脚吻了他的唇，步履轻松地到了书柜旁，拉开抽屉，呆住了，她看见已经放满一抽屉的笔记本。

野兽小姐蹲下身，哭了。玫瑰先生坐在她身边，被她一把推开。此后，野兽小姐强迫自己玩数独，背歌词，学网上锻炼大脑的方法，用左手刷牙，点没吃过的菜，每吃一口饭要咀嚼二十八下，竞速快走，总之，不想变成一个废人。她执意要自己上班，还将生活和工作的细节写在不同本子上，每天出门都背着各种本子，时刻提醒自己。

野兽小姐就像一个看上去很唬人的花瓶，其实上面裂纹斑驳，都是在破碎后，用劣质的胶水强撑着拼好的。她依然在某站地铁上与玫瑰先生分别，独自踏上其他的路线，转乘两次，步行五百米去公司。她努力让自己显得很健康，化着精致的妆，谈吐间完全不泄露一点病态，同事看她整日埋头写笔记，只会以为她比从前更拼了。她就像一头孤傲的野兽，傻乎乎地守护自己的领地。

同样的早晨，玫瑰先生从身后抱住正在刷牙的野兽小姐，他提出卖房子，用这笔钱买辆车，以及治疗她的病。野兽小姐情绪激动："我不需要你送我上班，我也不需要什么治疗，我自己一个人可以。"

他们又吵了一架，野兽小姐摔了门，从小区里跑出来，钻进熙攘的人群和车流，日光晃眼，感觉耳边都是嘈杂的声音。她不适应地站定许久，看见街对面立着一块指示牌，上面写着地铁站的站名，她想起来，那是她要去的方向，跟随指示，一路进了地铁站。

拥挤的地铁里，野兽小姐在位子上翻着工作笔记，一滴水突然掉在本子上，浸染了字迹，抬头看，站在自己面前的女生擦掉眼泪，看向别处。女生叫小麦，她们没有多聊，野兽小姐递了张纸巾给她。小麦拽着拉环的手施了施力，沉默半晌，吐出一句"谢谢"。野兽小姐身边空出位子，小麦将背包放在胸前，犹豫了一会儿，坐下来。

　　一路上没再说话，余光见野兽小姐一直埋头在本子上记录，终于，小麦忍不住轻声问了问："你在写什么？"

　　野兽小姐合上本子，笑说："随便写写，心情不好的时候，就写下来，有人能看懂，即便没有那个人，就写给自己。"

　　地铁到站，小麦下车前，野兽小姐从包里掏出一个蓝色的本子，说："还没用，这个送给你。"

　　小麦从地铁站出来，怀里抱着蓝色本子，她一夜未睡，身体和心理都已经行至临界点，她下了决定，在今天结束自己的生命，只希望不要有轮回，永远也不要存在于这个世上。

　　她在城中的一家书店工作，如同平日的一天，没有告别，没有声嘶力竭，如一汪安静的池水。收拾好书架，她翻开本子，靠在最内侧的书架边，想起上学那会儿写过的交换日记，在本子上写下了谜语，扉页留下一句话：可以交换秘密吗？

　　小麦将本子放在最不显眼的书架上，权当作给这个世界留下的遗书。只是不承想，竟然真的有人发现了这个本子。那个叫季节的男孩，试图掏出手机，直接搜答案，小麦看在眼里，心里默念："喂，你作弊了。"不远处的季节，似乎听见了提醒，微微一笑，关上了手机。他翻着《哈利·波特》全集，眉头紧缩，最后径直向小麦走来，小麦来不及反应，紧张地埋头整理书堆。

季节到她面前，说："你好，你知道这是谁留下的本子吗？"

小麦不敢看他，摇摇头。

季节左右看了看，凑近她耳边轻声问："你知道小天狼星的结局吗？"

小麦眼神闪烁，尴尬地侧过身，用余光偷瞄他，干干净净的样子，短发，个子很高，肩膀很宽。

"今天特价书九折。"她答非所问，随即逃走了。

最后还是一个小孩子告诉了他答案。季节知道了本子的秘密，激动地找地方坐下，开始回复那位亲爱的"孤独同学"。

过程中他还撞到活动区排队的读者，书店的阶梯下沉空间里，正在举办小说家的新作签售会。

小说家最新的长篇小说里，师鹤白和南莞尔的爱情故事打动了无数读者。现场的提问环节，有人发问小说家："您以往的小说里人物都有很多，为什么这次十几万字的故事，只有一对主线人物？"

小说家看了眼台下的编辑，在麦克风前清了清嗓子，说："其实我写这本书的时候，有一个遗憾。我心中一直有一对男女角色，他们其实在这个故事里存在过，只是最后拿掉了。"

读者问："为什么？"

小说家想了想，笑说："可能我没有那对男女勇敢吧。充其量，我不过就是个码字的，只是参与这个市场游戏的一员，出书的过程，需要相当程度的卑微，我以前觉得虚构的小说，只是被大家提前承认的谎言，现在觉得，或许是我们遗忘的真相。"

读者听完，说道："我很好奇那对男女。"

小说家点点头："他们很可爱，也许今天的活动结束之后，我会写一个关于他们的故事，如果出版不了，我就直接在网上发出来，你们愿意看吗？"

签售会结束，编辑带小说家离场，最后一位读者姗姗来迟，他递出新书，喘着气说："你好，我老婆很喜欢你。"

刘可以将小说家签好名的书妥帖地放进包里，驱车前往自己的中餐馆。他面无表情地握着方向盘，导航提示他下个路口右转，耳中声音含混，心理医生的声音再次响起，他说："所有障碍物其实都是自己的心理暗示。"这么多年，刘可以自己也清楚，很多事看上去忘了，其实依然深刻，那些记忆的坐标已经成为路障，即使跨过一次又一次，以为全身而退，但早就筋疲力尽，伤痕累累。

车停在餐馆门前，刘可以摇下车窗，远远看了眼正在准备午市的妻子，孩子在婴儿车里熟睡，忙碌间透着一股令人心安的烟火气。他没有下车，转而开去了菜市场，拎着大包小包到家，做了一桌子的菜。啤酒鸭色泽浓郁，冒着诱人的香气，可是他怎么也做不出刘大相当年的味道。做好饭，刘可以没动筷子，穿上井晖送他的那件牛仔衣，独自来到街上。正午的阳光大好，他漫无目的地走，好像很久没有仔细观察过这个市井人间了。来到十字路口，他掏出手机，拨打了一通电话，对方接通后，他柔声说："你好，我要自首，关于十年前的命案。"

刘可以挂掉电话，站在阳光里，用力吸气到腹腔，再缓缓长呼一口气，感到从未有过的轻松。他眼中含泪，那些过不去的曾经，好像终于可以放下了。

十字路口的左手边，是一条老街，坐落着几栋联排老房，五金店、水果摊一应俱全，全然不像蓉城中心的样子。李止止在全新的"MOON"餐厅门口招呼着排队的客人，这个店面的前身曾是意大利餐厅"ROSA"，不过没有熬过两年，退了租，传言说是总公司有新的计划。李止止肯定不信，毕竟成王败寇，他可是纯靠魅力击退情敌，站在月球表面的男人，插下旗子，宣告自己光芒万丈。

俞悦推开门，打破他的高光："到点了，今天该你去幼儿园接孩子了。"

李止止从月球落地，不爽道："昨天也是我去的！"

俞悦虚起眼。

李止止放弃抵抗，委屈巴巴地说："有时候我真觉得我们不是一个世界的人。"

俞悦纳闷："你想说啥？"

李止止补充道："你的世界里，衣服裤子只要甩在沙发上就整齐了，水杯放一会儿就自动满上了，没洗的水果放那儿一会儿也干净了，孩子的尿布喊两声就自动有人换上了，别说了，我真羡慕你那个世界。"

说完李止止逃进餐厅。

"'荔枝汁'你要死啊！"俞悦反应慢半拍，追进去。

餐厅里都是客人，两人收敛了斗争，互相推搡着到了吧台。李止止收拾东西，准备去接孩子，俞悦碰了碰他的胳膊，示意他看向面前的那桌客人。

她低声问："这两人从一大早坐到现在了，有什么这么好聊啊？"

李止止说："早上那会儿好像在聊前任，上个小时好像在聊医学，现在不知道聊到哪儿了。"

聊得热火朝天的那对男女是栾青和谢珂，他们一早来到"MOON"，从飞来蓉城的航班上相遇到此刻，还不到一天的时间。两人挂着不客气的黑眼圈，话题不断，看手机的工夫都没有，从诗词歌赋聊到人生哲学，现在已经聊到了宇宙。

谢珂说起距离地球大约有217亿公里的旅行者一号探测器，上面携带了一枚金唱片，那是来自地球的声音。

他问栾青："如果也让你选一首歌去宇宙，你会选哪首？"

栾青想了很久，故作严肃地说："《中华人民共和国国歌》。"

谢珂大笑，连连比赞，他点开手机播放器："我会用这首，Coldplay 的 *A Sky Full of Stars*。"

歌词有一句是这样唱的："You're a sky full of stars, you're such a heavenly view."栾青托着腮，静静听，看着歌词，心跳漏一拍。过往的生活里，从没有过这样不真实的场景，在一个陌生城市，被歌词的某一句击中，抬眼看，有个男孩坐在面前，画面如此和谐，时光有了声响，空气似乎都有了具体的模样。

恍惚间，谢珂又问出另一个问题："如果你有机会可以冰冻身体，沉睡到一百年后，可以看看未来的世界，但是要放弃你现在的所有，包括身边的人，你愿意吗？"

栾青这次聪明了，反问他。

他笑了笑，说："如果是站在我们医生的立场上，我还是想体验一下这项新技术的，顺便看看一百年后的医疗水平是什么样子。"

栾青撇嘴："这答案很无趣。"

谢珂问："那你呢？"

栾青说："如果在昨天之前，我肯定去冻，但你今天问我，我会觉得现在比较重要。在意一百年后的事干什么！你都说了，宇宙都只是果蝇的一只复眼，活了一百年，不也就是苍蝇眨眨眼，我可是已经上头了，反正我现在不想冻……"

"什么上头了？"谢珂问。

栾青支吾道："就是姐姐豁出去了，什么都不怕。"

"那敢不敢发自拍不修图？"谢珂问。

"有什么不敢啊！"栾青愤愤道。

"那敢不敢聊到明天？"

"有什么不敢啊！"

"敢不敢在一起试试？"

栾青愣住，笑着："有什么不敢啊！"

栾青发了一张原相机的自拍，饱满的脸，浮肿的眼睛，还有毛孔和痘印，那些过往所有的经历带来的容貌焦虑，也随之变得坦然。她发文：今日向你飞行。

栾青刷新微博界面，女明星夏尔更新了一条微博，是她和闺蜜穿着婚纱的合影，热搜上又是一阵腥风血雨。

婚纱店内，郑南一穿着一件裸背缎面婚纱，用力吸着肚子，手足无措地寻找支撑。这是她试的第六件婚纱，夏尔非常满意，说，基本上看到"幸福"的样子了。原本是陪女明星逛街，也不知道怎么走进了这家婚纱店。夏尔说了，这叫吸引力法则，毕竟结婚不是一个人说了算，方权那个情商为负，恋商感人的老古董，只能靠神学让他开悟。夏尔也选了一件抹胸款，心想拍了那么多结婚的戏，还真没跟另一个女人一起穿婚纱。两人拍了很多合影，对着镜子比画着各种夸张的造型。

夏尔看着镜中的她们，美好得像是铺了一层滤镜，她若有所思道："如果我不死，你也没方权，我俩特适合一起过。"

郑南一斜眼看她："就想我一辈子伺候你吧。"

夏尔说："那一辈子不长啊，也就三个月。"

郑南一听完脸色陡变，开始脱婚纱。

夏尔赶紧安慰："我只是想让这件事变得轻松一点嘛。"

郑南一叹了口气："我都懂，你知道我的个性，别说三个月了，就算告诉我你能活三年，我也要时间调试的。我已经很努力接受这个事实，很努力配合你了，我不想哭，也不想难过，因为不想浪费我们的时间，所以你也不用刻意无所谓，因为你越是这样，就越是在提醒我。"

夏尔吸了吸鼻子，抱着她的肩，深情款款地看着她，一脸抱歉。

郑南一瞥了她一眼，嗫嚅道："口罩戴好，吃晚饭去。"

夏尔举手问："烧烤还是火锅？"

夏尔的遗愿清单里，有一项是坐地铁，蓉城地铁开通之后，她一直没机会坐。地铁靠站，野兽小姐站在上下客的人流中，行人一下下撞在肩上，她不知所措，突然忘记该换乘几号线。地铁即将运行，她拿出生活笔记确认路线，激动的夏尔拉着郑南一，正巧撞上她，野兽小姐没拿稳，笔记本跌落到站台下。夏尔和郑南一上了车，匆忙地撂下对不起，车门缓缓关上。

地铁呼啸而过，笔记本散了架，纸张散落在站台轨道上。野兽小姐像是失去了海中唯一的浮木，脑中像是万花筒般诡谲地变化着，她按着阵痛的脑袋，从地铁站出来。路面上的景象对她来说全然陌生，她有些心慌，想打给玫瑰先生，想了想，还是作罢，收起手机，沿着路边走了一段。她的右手边是大片的油菜花田，落日映在边界，绘出了粉色系的渐层，偶尔有几只鸟腾起，完美了一幅风景油画。

看着日落的花田，野兽小姐渐渐平静下来。身后驶过一辆公交车，她注意到上面的数字，这是高中的时候，来市里必坐的一路车。野兽小姐鬼使神差地上了公交车，一路到了城东，距离公交车终点站的不远处，就是她当年的母校，蓉城一中。

学校的大门改成了自动的，墙面的瓷砖已经翻新，看门大爷好像没换，或许是保养得太好，看上去只是比当年虚长了几岁。陆续还有学生出来，他们穿着校服，背着双肩包，脸上写满对这个世界的无畏。

那些因为四目相对就喜欢上某个少男少女的人，因为同学被欺负就掀了课桌的人，因为知道动画片要开始，喜欢的一切来不及抓住就放肆跑起来的人，他们都如此灿烂，脚下有风，眼中有光，心如海绵。我们也曾经是他们。

那一刻，野兽小姐觉得自己也回到了十八岁，时间变成沙，被风吹散，那些着魔的过往，不过只是夏天在校门口，为了等心上人，一个不算太久的打盹。

这半个月是蓉城一中的开放周，林朗朗的摄影展也来到了最后一天，当初观展的几个老同学索性当了志愿者，陪她张罗了半个月。撤展前，林朗朗刻意让他们保留同学的三十而立肖像照，她想以观者的身份，再多看一眼。众多的照片中，排在中间的一张龙卷风照片是她在美国得克萨斯州拍的。还记得那天跟着当地的风暴追逐者，在几个风暴轨迹间来回游走，天色渐暗，也没等到风。林朗朗有些丧气，专业的追风向导告诉她，前方一定会出现超级风暴，他们要做的，只有祈祷。林朗朗闭着眼冥想，不一会儿，她觉察到身边的异动，发丝微微荡起，轻挠着脸颊，睁开眼，不远处的天地间已成混沌一片。她看见了龙卷风。身边的追逐者举着摄像机惊呼，面前乌云翻滚，自然的暴怒汹涌而来，席卷她全部感官。林朗朗疯狂掉泪，手颤抖不止，只能傻傻地用力按下快门。

她哭喊着："陈最，是你吗？你一定也到过这里，谢谢你！"

爱情之所以迷人，是因为每个人得到它时，略有时差。有的马上就能看出是爱情，有的需要很多年之后才看出，也有的，只有在回顾时才见得到。

这张照片旁，写着"陈最"的名字，小标题叫"拥抱一场风"。美国之行后，林朗朗放弃了旅拍摄影师的工作，没有自媒体，没有网红，没有婚纱照，给自己放了一个长假，郑重地带着相机，只身去往世界的各个角落，记录每一处风景。她不会忘记，在那个夏天，第一次拥有梦想的原因，是一个男孩子说过，因为好看的风景带不走，所以原谅了人生很多的憾事。

她想要试着，留下所有风景。

野兽小姐站在林朗朗身后，已经驻足许久。她比林朗朗大两届，算是学姐，她们闲谈了一会儿。

野兽小姐问："墙上只有这个叫陈最的人不是肖像，这个人对你来说，一定很特别吧。"

林朗朗点点头，说："他是恒星的孩子，是一切。"

闭展前，林朗朗取出一个拍立得，想为野兽小姐拍一张照片，这是此次展览的常规流程，拍下每一位观展的人，留为纪念。

林朗朗说："你是展览的最后一位客人，或许这也是我最后一次'帮别人'拍照吧。"

野兽小姐站在镜头前，闪光灯晃花了眼。拍立得的画面渐渐浮现，照片上，除了野兽小姐，还有躲在花坛后的玫瑰先生。

原来，自从野兽小姐患病后，她每天上下班，玫瑰先生都默默跟着她。他们小区门口的地铁指示牌，是玫瑰先生装的，经常出现在半路上帮助她的人，是玫瑰先生安排的。有时她自己也会忘记笔记本的存在，但玫瑰先生总会在前一晚趁她熟睡，整理好她的本子，妥帖地放在她的包里。他知道野兽小姐的固执，小心守护着她仅剩的自尊心，想用行动告诉她：被我喜欢着，你可以有做任何事的勇气。

野兽小姐开始遵医嘱，按时服药，不再和玫瑰先生置气，或者说，接受了这样的自己。他们仍然会像以前那样拥抱，及时送给对方一个吻，还会像上学那会儿，窝在烤肉馆里，野兽小姐张着嘴，表演绝佳烤肉吃法，一片菜叶子放在嘴上，再将烤好的肉放上去，然后一股脑塞进嘴里……唔！果然不出意料，一定会噎着。

一年又一年，他们站在新年的烟火下，野兽小姐晃着小礼花，躺在玫瑰先生怀里，她的脸被镀上一层光，礼花燃尽，她问玫瑰先生："如果我忘了你怎么办？"

"你不会的，"玫瑰先生说，"你不舍得。"

有句话可以改一改，在什么都善忘的世界里，我想邀请你看一看永远。

天上燃起烟火，随着一声爆破，灿烂成无数星子，缓缓下落。时间快转至四十年后，2060 年，夜空中渐次亮起电子玫瑰，绚丽的红色光芒在空中勾勒出大大小小的玫瑰花，再组合成无数花瓣飘落。

蓉城郊区的某间洋房里，墙上贴满了野兽小姐和玫瑰先生的照片：大学时期过剩的胶原蛋白，举着长命锁哭到脱妆的求婚，婚礼当天因为坠河上的社会新闻，报废的重机车，一起拥吻房产证，第一次食物中毒躺进医院……还有林朗朗给他们拍的那张拍立得，相纸已经有些褪色，上面以潇洒骄傲的字迹写着一行字：此生余年，陪你在回忆里流浪。

沙发边上成堆的笔记本落了灰，阳光之下，空中尘埃飞扬，这房子看上去已经很久没人居住了。

门上的电子提示音响起，05060108，一位七十岁的老太按下密码，从门外进来，她怔怔地站在玄关的一道阳光中，眼泪突然掉下来，她好像想起了什么。

[全书完]

后记
宇宙百忙中安排的邂逅

搭载了金唱片的旅行者一号，在2025年之后，就会彻底和地球失去联系，成为飘浮在宇宙中的一艘"流浪探测器"。

我是个十足的宇宙爱好者，在生活中只要看到宇宙元素的物件，就走不动路。如果遇上难解的不愉快，选一个夜空通透的旅行地看星星，看一本有关宇宙的书，瞬间就好过许多。我们所处的地球，不过如一粒悬浮在宇宙中的微尘，那些愁多夜长的思绪，终归只能淹没在浩瀚的背景里，根本不值一提。

这个时代，阅读似乎也被淹没在浩瀚的娱乐背景里，我们可以倍速追剧，三分钟看完一部电影，可以刷那些停不下来的短视频，逛商场，打卡网红餐厅，动辄三五个小时的剧本杀，推杯换盏的酒局……人类对于热闹的追求总是乐此不疲，终于有时间翻书，却只能停留在那几页。不管别人，作为一个常年与文字结伴的人，连我都无法坦诚面对自己日渐缩水的已读书单。这次起笔前，我对"写什么"犹豫了许久。这些年的创作，的确很难保持纯粹，要为出版社考虑，要为市场考虑，要为喜欢我的人考虑，甚至有时候是一点心气，想向那些一直唱衰的人证明，我可以驾驭更多的题材。结果就是，当别人的眼光成为创作的标尺，个中的亏失，只有靠自己消解。回到这次创作，我丢掉了很多杂念，只想写好看、好读、自己写起来舒服的故事。关在家中六个月，零社交，推了工作，第一次一个人留在北京过年。写完全书，以读者的角度读完样稿，全身心地满足，再一次坚定了写作这件事。都说创作者要避免自我感动，可是不能取悦自己的故事，别人再欣赏也没有什么意义。

　　试读的时候，印象最深的是一位平时情感很少外露的朋友，坐在我对面，突然掩面而泣，他说，这是他第一次看书看哭。有种感动是逼着你哭，而有种感动，是有后坐力的，不能想，想起来眼泪就止不住，我的故事是后者。听他的反馈很奇妙，写作其实有点像发射信号，在茫茫人海中寻找相同频率的人。书是太主观的作品，故事如何生长，取决于读它的人，人们翻开一本书，往往只看得到他们想看的那部分。

　　时间是最好的沉淀，距离第一本书出版，已经过去八个年头，我经常自恋地在各个平台上搜自己的名字，看大家说了什么。其中有几条，大意是说："上学那会儿怎么会喜欢看这种东西。"坦白讲是难过的，但转瞬安慰自己，不需要我了也挺好的，证明他们终究走进了现实的生活。

　　我曾说过，比起做一个厉害的大人，我更想成为一个终生浪漫的小孩。我是个生活在"乌托邦状态"的人，少有烦恼，因为盲盒抽到喜欢的款式而开心，爱看怪力乱神的东西，隔三岔五就想去迪士尼，关心下一顿饭吃什么，不太关心世界。不是不承认年纪，而是不想被年纪束缚，因为没人能告诉我此时该做什么，除了我自己。这些年所有的经历告诉我，在舒适区做到让自己满意，付出心力，要比你横冲直撞去别的领地，来得更难。

　　我们相遇，走散，都是善缘。如果你为我停留，那我愿为你治愈世界的恶，让你永远做一个小孩。无论你此刻正经历什么，多大年纪，只要翻开我的书，就永远能回到你最青春、最浪漫的时候。

我们是被选中的人，才可以在那么多繁杂的错过里，得以相遇。正如你此刻安稳地生活在这个世界上，也要相信，宇宙百忙中让你降临，是为了让你看见自己的特别。

故事里，他们的分分合合告一段落，而你的生活，还在继续。

保持正念，观想好事，做自己的太阳，才能成为别人的光。

不客气 :)

你是宇宙

安排的通道

遇见了你
就是全部温柔

张皓宸

青年作家，写故事的人。
生活另一部分交给画画与手写字。
见字如面。

已出版作品：
《你是最好的自己》
《我与世界只差一个你》
《谢谢自己够勇敢》
《后来时间都与你有关》
《听你的》
《最初之前》

你是宇宙
安排的
邂逅

产品经理：陈佳敏　　营销推广：毛　婷
　　　　　　刘树东　　　　　　　　孙　烨
技术编辑：顾逸飞　　执行印制：梁拥军
监　　制：何　娜　　策 划 人：王　誉

图书在版编目（CIP）数据

你是宇宙安排的邂逅 / 张皓宸著 . -- 成都 : 四川
文艺出版社 , 2021.6
　ISBN 978-7-5411-6037-0

　Ⅰ . ①你… Ⅱ . ①张… Ⅲ . ①短篇小说—小说集—中
国—当代 Ⅳ . ① I247.7

　中国版本图书馆 CIP 数据核字 (2021) 第 089341 号

NI SHI YUZHOU ANPAI DE XIEHOU

你是宇宙安排的邂逅

张皓宸　著

出 品 人　张庆宁
责任编辑　王思鋐　谢雯婷
装帧设计　TOPIC DESIGN
责任校对　汪　平
出版发行　四川文艺出版社（成都市槐树街 2 号）
网　　址　www.scwys.com
电　　话　028-86259287（发行部）　028-86259303（编辑部）
传　　真　028-86259306
邮购地址　成都市槐树街 2 号四川文艺出版社邮购部　610031
印　　刷　河北鹏润印刷有限公司
成品尺寸　145mm×210mm
开　　本　32 开
印　　张　9
字　　数　190 千
版　　次　2021 年 6 月第一版
印　　次　2021 年 6 月第一次印刷
书　　号　ISBN 978-7-5411-6037-0
定　　价　49.80 元